中国好诗

第五季

梁尔源···著

镜中白马

中国青年出版社

梁尔源 50年代出生于湖南涟源市三甲乡。当过矿工、木匠，后从政多年。中国作家协会会员，中国诗歌学会理事，湖南省诗歌学会会长。出版诗集《浣洗月亮》。

生命中的压舱石

——关于梁尔源的诗

◎ 霍俊明

梁尔源算是诗歌界中的"新人",他真正意义上的诗歌写作时间基本上是从退休之后开始的。他用迟来的诗歌写作方式回应了一个问题——为什么写诗?这让我想到了压舱石,一条空荡荡的船只为了避免失重、摇晃甚至翻船的危险而压上一块石头,这维持了平衡,虚空得以充实。我曾在一个小小的民间博物馆看到过一块圆墩形的压舱石,上面还錾刻了一个巨大的粗实的字——"稳"。对于梁尔源来说诗歌已然成了生命中不可或缺的压舱石,这样才踏实、安稳、可靠。

对于梁尔源而言,诗歌不只是一种个人化的表情达意的方式,而是重建完整人格与精神自我的过程，同时也是完成人与外物以及社会的重新构造和彼此探询。由此我们会发现，近年来梁尔源诗歌中的思想载力、精神强度和语言势能一直在增强，这不只是面向了自我存在以及亲人遭际和时间命题，也关乎整体性的时代境遇和精神大势。

具体到梁尔源来说，诗歌写作的功能首先是一种完整人格缺失之后的重新修复，是试图回到一个人原初状态的返回和寻找。诗人重新找到了一面镜子，这不只是为了正衣冠知得失，而是为了映彻更为真实不虚的内心生活和精神人格。这近乎是当代版的"久在樊笼里，复得返自然"，"请束不为我编程了 / 肉身从公文包中逃遁 / 再也不用向那只茶杯汇报了 / 麦克风不再点卯"（《春风不再掐我的大腿》）"长年累月的仿宋体 / 喂养出一只鹦鹉"（《读报》）。

被割草机碾压过的草地再次找到了春天和水源，它终于可以按照自己的意愿来生长了。这是一次次的寻找自我，一次次的返回自我的母体，也是一次次的自我更新和重新定位，把曾经的变形的、模式化和程序化的异己的我重新摆渡和解救出来，变成充实、真实和完备、纯粹的自我。这正是一个"年长的青年诗人"（梁尔源的自况和自谦）的深层写作动因和驱动机制。他通过诗歌来进行深度的精神对话——他找到了一面映照精神自我的镜子或湖面，一个我与另一我时时进行对话、磋商甚至盘诘。诗歌写作首要关涉的不是他物而是作为个体主体性的人，真实的人，活生生的人，有生命体验和独立意识、求真意志的人。这样的诗正是"真实的诗"，真正地关乎"诗与真"，首先要去除的就是虚假、伪饰。确实，最为可贵的是梁尔源在诗歌中从来不掩恶、不遮丑、不矫饰、不妄言、不自我美化，也不滥情易感的伦理化和道德化。他的赞颂和批判都是发自本心的真实之音。诗歌和人在撕扯掉虚荣、功名、权力、伪善、自私、欲望之后都一起回到了最原初的状态，这是自审和度己，是自我的精神涉渡，灵魂不再是定制的了。

诗歌能见人，诗歌能见人格，这说的就是梁尔源的这些"真实之诗"。

最初读到梁尔源的诗歌，印象最为深刻的也是流传比较广泛的自然是那首《菩萨》，我也将它选入了《2017年度诗歌精选》（中国作协创研部编选、长江文艺出版社出版）当中："晚年的祖母总掩着那道木门 / 烧三炷香 / 摆几碟供果 / 闭目合掌，嘴中碎碎祷念 / 家人都知道祖母在和菩萨说话 // 那天，风儿扰事 / 咣当推一下 / 祖母没在意，咣当又推了一下 / 祖母仍心神不乱 / 咣当，推第三下的时候 / 祖母慢慢起身，挪动双腿 / 轻轻打开木门 / 见没人，沉默片刻 / 自言自语：'哦，原来是菩萨！'"。该诗体现了一个诗人撷取日常细节并进行再度提升和象征化、戏剧化的能力，叙述、场景与内在真实之间构成了实实在在的精神结构。

梁尔源的那些成色比较突出的诗作大体都具有场面活化、生动又不乏一定的戏剧性的特征。这既是关乎个人的又是超越了个人的，他的诗歌朴素而真实，能够在尽可能大的受力面积上被普通读者所接受。这既是对自我的重新审视，也是对围绕着个体展开的过往以及现实场域所进行的及物化发现的过程。

写诗是需要眼力和眼界的，这与一个人观察事物的位置和角度直接关联，与一个人的感受方式和想象方式也密切联系。这样产生的诗歌既是体验的也是感悟的，既是个人经验又是现实经验，所谓"世事洞明皆学问，人情练达即文章。"这些诗体现了一个"成人"通透的眼界，印证了"姜是老的辣"，其观察人生、讽喻世事、感悟世界的方式更具有说服力和传染力："小孙女在玩套娃 / 将一个个小人从大人中剥出来 / 剥到最后一个 / 他问：爷爷 / 为什么小人都藏得这样深"（《玩套娃》）。

诗歌承担了镜子的功能，同时也承担了漂白剂的功能，这最终凝聚成的形象正是"镜中白马"。梁尔源的一部分诗歌不由自主地探向了自我以及浮世绘众生的内心本相，那些藏污纳垢之物被他毫不留情地拎出来示众并进行诗性意义上的漂洗。

在梁尔源这里，诗歌的清洗功能并没有导向一个诗人的精神自闭和道德洁癖，而是凸显了一个诗人综合的精神能力和容留空间。其中的一些诗还具有一定的超逸和提升的能力，能够将现实经验之外的未见和未知的部分予以深层观照。这样的诗不是偶然生成的，不是外界直接的刺激和表层化挑动的结果，而是需要诗人具备经验和超验的融合能力，具备个人化的现实想象力以及精神自我的求真意志力。

当梁尔源其中的一部分诗作指向了家族命运和个体存在视角的时候，诗歌是世道人心，是喜怒哀乐的碎片，是斑驳的流年光景，是抽屉里发黄变脆的家族档案，是并不轻松的唏嘘故事，是恍惚莫名的历史本相，是社会经纬的隐秘纹理。这是一口曾经布满了青苔的石井而无人光顾，而经过诗人之手的重新拂拭之后井沿儿重又变得光亮，沉闷滞重的往日之水重新有了响亮持久的回声……

梁尔源的这些诗歌自然携带了回溯和追忆的成分，这是诗人站在此刻的风中或水岸对过往的重新面对，是对过往事物以及连带其上的情感和记忆的重新擦亮和磨砺。梁尔源在一次次打量自我，他不断进行精神对位的过程，这同时也是自我和语言得以双重还原的过程。

　　无论是故地空间还是具体的人物命运，梁尔源都在那些事物身上投注了更多的凝视与省思，经由诗人的凝视状态碎片得以围聚，细节得以发光，往日得以重生。这里有欢欣更有血泪，有春风亦有冰雪。诗人在此过程中着实担任了精神还原的角色，按照伊格尔顿的说法就是文学写作实际上是一个接一个的精神事件。而梁尔源诗歌中那些成功的部分就大抵具有个体前提下的精神事件的底色，比如《父亲的萝卜白菜》这样的诗："屋后的那块菜地 ／ 是父亲深沉的画布 ／ 每天挥着那支古老的画笔 ／ 创作是父亲的信仰……油灯下，父亲开始算账 ／ 把算盘拨出声响 ／ 是他生命中唯一的自豪 ／ 每天总是一下五去四 ／ 二上三去五，噼里啪啦 ／ 昨天卖出萝卜一担，白菜五十斤 ／ 今天买进土布二丈，食盐三斤 ／ 年复一年日复一日地算 ／ 一辈子也没把全家人 ／ 从萝卜白菜的命里算出来"。这是个体命运也是历史本相，这体现的正是"一个人也是一代人"。

　　梁尔源写了大量的关于"父亲""母亲"的系列诗作，其中写给父亲的诗作更多，比如《离天空最近的时刻》《父亲最荣耀的事》《竹笋》《父亲从夕阳中走过》《父爱》《扫墓》。与其说这是诗人在写一个具体的父亲和母亲，不如说是在重新面对和塑造、挽留一段过往的家族精神史和个体生长轨迹。在反复的形象塑造和抒写中梁尔源在最大程度上还原和回应了人性、物性以及时间性、社会性和历史性的综合命题，诗人通过撷取、组合、嫁接、过滤和变形的诗歌话语方式重新唤醒了一段历史。这是情感化的历史，是家族化的历史，更是修辞化想象化的历史，其前提仍然是个人化的历史想象力和求真意志，"父亲的坟前 / 长出了一颗硕大竹笋 / 它是父亲几十年的骨质增生 / 怕触痛睡着的父亲 / 让春天的疼痛的锋芒 / 长到了我的脊椎上，在拔节的时光里 / 再感受一次和父亲 / 一起煎熬的岁月"（《竹笋》）。这是经由意象和想象对生命和死亡的重新对接和打通，这是更为难以言说的精神愿景。诗歌最终的精神指向大体离不开时间构成，这涉及生命、死亡、存在等等终极命题。

值得注意的是梁尔源并不是一个自我封闭的"纯诗"诗人，而是打开了诸多的面向外界的缝隙和孔洞，也就是说他的一部分诗歌是向外辐射和发散的及物状态。梁尔源就是这样的诗人，有热度、有气度，甚至有时候会热烈评议、臧否时事。他对这个社会现实的方方面面都投注了极其敏感和锐利的目光，这正是当年王国维所说的"客观之诗人"，"客观之诗人，不可不多阅世。阅世愈深，则材料愈丰富，愈变化，《水浒传》《红楼梦》之作者是也。"（《人间词话》）

这涉及诗人格物致知的精神能力。这呈现了"诗言志"的那一部分传统，人不只是生命的人和个体的人以及肉体的人，还是社会的人、文化的人、整体人类中的一分子。质言之，诗歌应该具有互动的关联结构，诗人的眼光既打量自我又同时向外界发散。就目前诗坛而言，需要警惕的是很多的"外向型"的诗沦为了表层化的描摹诗、浮光掠影的见闻诗、旅游诗和广场舞式的现实诗。关键在于诗人要打通个人经验和现实经验的节点并进而转化为能够呈现一个时代境遇整体性的历史化经验。只有如此，诗歌才能在个人经验和公共经验之间完成融合，才能使得诗歌在更大的范围内发声、发现乃至命名。这是诗性正义和语言道德，它们共同构成了诗人的写作伦理，它们同时也区别于社会正义。也就是说这是一种语言责任，只有在此前提下诗人才能够抬升同时代的人的眼光，将"个人的诗"转换为"普适性的诗"。那些更伟大的诗则如小小的针尖挑动了我们的神经，它们以精神共时体的方式持续而长久地触动了世界最本质的内核——"寺中菩萨都是金丝楠木雕成 / 门框大梁用的非洲珍贵大料 / 屋顶还包了金箔 / 联想家乡那个破败的卫生院 / 心中有些不平衡，为什么 / 佛界的医生与凡间的医生比 / 待遇差距这么大"（《在安福寺幡然醒悟》）。

显然梁尔源并不局限于"客观之诗人"，他的一部分诗作指向了精神内里的褶皱和晦暗之处，不断审视（自审）、盘诘并扩大一个诗人的襟怀和眼界。言志和缘情在梁尔源这里得到了平衡与共生。这产生的是"真实之诗"和"情感之诗"，同时也是"经验之诗"和"想象之诗"。

梁尔源的诗歌形成了蜂巢状的多孔结构，与这个纷繁多变的社会万象息息相通、密切关联。诗歌是自我精神的映照也是社会的微妙回响，这二者梁尔源都做到了。

目录

第二辑　镜中白马

第四辑　离天空最近的时刻

第五辑　流水是一首长诗

第六辑　灵魂长满你的枝叶

第一辑

· · · · · · · · · · · · · · · · · · ·

致我的童年

· · · · · · · · · · · · · · · · · · ·

· · · · · · · · · · · · · · · · · · ·

菩萨

晚年的祖母总掩着那道木门
烧三柱香
摆几碟供果
闭目合掌，嘴中碎碎祷念
家人都知道祖母在和菩萨说话

那天，风儿扰事
咣当推一下
祖母没在意，咣当又推了一下
祖母仍心神不乱
咣当，推第三下的时候
祖母慢慢起身，挪动双腿
轻轻打开木门
见没人，沉默片刻
自言自语："哦，原来是菩萨！"

镜子

人老了
虚荣心不老
年轻时喜欢在镜子中
孤芳自赏
年过半百了，总躲着那面镜子
因为它太真实

有时，对着镜子中的我
无奈地哈一口气
那苍老的脸庞立马消失
心中顿然感悟，人啊
活着就是一口气

漂白

那夜，蟋蟀感冒了
月亮卸掉了我多余的骨头和赘肉
安装上一个通透的灵魂

月亮的臂力突然大于地球
攥紧我从地平线上飘起
终于挣脱一个
让我疲惫不堪的磁场

在嘈杂和污垢上
月亮喷洒出白色镇静和药剂
将那红尘中的斑驳
装入了上衣口袋
那块人生无法藏匿的羞耻
也在染缸中漂白

无奈

故乡的那条小河是曲线的
坎坷人生轨迹是曲线的
爱过的那些肉体是曲线的
显微镜下的染色体是曲线的
我总是发现不了
那些藏在背后的暗箭
只因两眼的视线是直的
在仕途中总是得不到上司赏识，无奈
生来的那个坏性情也是直的
前年，我之所以没去日本买电饭煲
——因为，我的脊梁是直的！

台阶

踏上办公楼前的台阶
双腿已不是往日的时针
卫兵仍向熟悉的面谱行礼
我回敬了一只空虚的手
习惯，给我弥留了最后的虚荣

这些台阶不高
每一级都有坚实的阅历
多年来形而上学地上下往复
在平步轻盈的奢望中
企盼飘来那屡青云，宿命地
嵌在斑白的两鬓之间

台阶下压着的浓烈欲望
只能用故事来填充
不同的海拔上
都有不同的诱人月色
无奈的空间里蓄着
迷茫的泡影

当脚步从台阶上脱离
红尘卷走了脚下的那片浮云
太阳恢复了正常体温

鸟语花香不再磨损膝盖
但传达室遗留的报箱
时常让我重翻这部字典

假装

小时候，为了不挨打
在房间里假装看书
学徒时，想偷点懒
假装使劲拧螺丝

走入仕途，领导讲话时
假装做记录
遇到和专家打交道
加班加点找几个专业词汇
假装自己不白痴
下基层时换件不起眼的外套
假装贴近百姓
看到美女时，故意目不斜视
假装正人君子
……

但我从母腹中钻出来时
无法假装不哭
心脏停止跳动后
无法假装死去

春风不再掐我的大腿

请束不为我编程了
肉身从公文包中逃遁
再也不用向那只茶杯汇报了
麦克风不再点卯

终于可以将太阳
锁在黑匣子里
教公鸡也学会哑语
然后用星星蒙头

和春天分床而眠
卸掉房边树上鸟的发条
和风的手指，没有谁
再掐我的大腿

交警在梦中
测试我的酒精度
我哈了一口气
交警醉倒了
四子轮子早已悬空

夙愿都飘在云中

红尘早已够不着我
我用鼾声屏蔽了
所有的约会

镜
中
白
马

致我的童年

想重新回到

青石板晃动的倒影里

为一座迷宫掌灯

梦中的飞翔

仍折射出青涩的星光

你用积木搭建的时光机

已打印不出沙滩的小脚印

那蓝天的水晶镜面

将小海鸥的姿态截屏

不知那轻扬的海风

能否再托起一个浮肿的缪斯

试着用秋风的波涛

充盈正在下坠的乳房

悬崖里长出的那口白牙

仍在忏悔中咀嚼

天使的翅膀上

总有风雨洗刷掉伤痕

用那首皱褶的童谣

荡起夕阳的双桨

乌蓬吐出的那汪明月

是否仍在原处

敞开那个皈依的入口

读报

每天早晨八点
贴着阳光伸进的臂腕
开始重复一个职场的公式
泡一杯毛尖作沙漏
在一行行黑白字句间
洗刷那惺忪的嘴脸

从一条条醒目的标题里
读出一个版图的胃口
担心那些臃肿数字
垒成的 n 次方
会冲垮一个巨大的堤坝
为了虚构的应酬
长年累月用仿宋体
喂养出一只鹦鹉

春雨翻过秋风
茶杯将岁月泡成了吗啡
长方形的纸质飞毯
托着一个定制的灵魂
每天，从整齐划一的菜园里
用老花镜捕捉那只不叫的虫

IC 卡之歌

终于和一辆奥迪分手
给下坠的皮囊安装一张芯片
高台上的鲜花已经谢幕
实惠便捷的 IC 卡
刷出慢节奏的归程

在站台的车次牌前
重新定位夕阳的轨道
攫着刷卡机的应答
用轻松踩着陌生的站点

穿梭往来的公交
似肉体中滑行的肠镜
来去匆匆的眼神
透视出五脏六腑的阴影
用真空中不太灵敏的嗅觉
重新找回秋风的体味

在拥挤中抓紧扶手
改变以往出行的姿态
把长期台上台下坐着的尊严
让给负重的躯体
真实的大地上
不再有悬空的双腿

西装

那年，古老的子孙
习惯换上通用的外壳
第一次走出国门的影子
至今挂在衣橱里

笔挺的西装
在大街上结队行走
领带勒着一个个树桩
好似久闭的口腔中
吐出一串生硬的单词

在大西洋的夜色中
月影无法将东方的躯体
与自由女神宽大的长袍重叠
香榭丽舍大街的麻石
挤兑着一双上海皮鞋的后跟
凯旋门挽留的阳光
折射不出来自彼岸的背影

在梵蒂冈大教堂
我用领带将灵魂系得很紧
那两个崭新的口袋
总是塞不进
红衣主教的祈祷

那颗生锈的螺丝钉

我把一樽偶像举过头顶
一种至高无上的崇敬
油然而生，在这个日子里
尘世的脚步仍无法跨越
这个境界，无数顶礼膜拜者
仍在试图攀越这颗心灵

这天，总在一本发黄的日记里沉思
想从真实的乌托邦里解脱
重温那些琐碎的记叙
追随童年走过的小脚印
故事中总飘出一条鲜艳的红领巾
那些马路上跳跃的美丽音符
弹奏着一个永恒的"好榜样"

将这个日子灌输给一个幼小的灵魂
用平凡得不能再平凡的药剂
洗涤污浊中浸泡过的稚嫩
让那些扭曲的膜拜和疯狂的追逐
静心地回归到生命的无限之中

这天，脱下那副装腔作势的画皮
打扮成凡夫俗子草民布衣
潜入街头巷尾田埂村角
演绎一个活着的思想

试着将自己这颗生锈的螺丝钉
悄悄地拧在一个
不太惹人注目的地方

镜
中
白
马

暗香

与那盆鲜花相对时，我是夕阳
隔着一堵墙看花
更有神秘感
暗香是潜入心灵的蝶影

大楼里最抢眼的
就是乘坐那部电梯的人
花开花落在时光里
不是上去了
就是下来了

我关门时
那盆花一直开着
残留的芬芳
抬高了我的嗅觉
泥土，便有了冷落

履历表

命真薄于纸
谁在篡改我的人生
舍弃腼腆的朝霞
掩埋了沉甸甸的夕阳

填上没有包浆的证词
做旧匣子里的标签
天地挤干了光阴的水分
卷宗里只留下日晷的长影

在几道栅栏中苟活
保鲜着深浅蹒跚的足迹
却没弥留明月的肉身
倾吐出小河的嗟叹

已无法打开桃花的笑靥
从粉饰中剥出素颜
浓缩中，是否能保鲜
那些隐匿的精华

大院理发师

镜子中的那些眼神
都是为春天而来
搂抱草香树影的小手
修整着机关恣意的时光
打理冬日的蓑草
应酬，迎奉着长椅上的等待

每日用麻木的臂膀
将割草机演绎得惟妙惟肖
从不弯腰的恭谦中
让枯燥的客套
在白围裙上抖落

狭窄的斗室里
穿梭着大院里的星光
反光的镜面中
折射出一个空间的气场
不管来"头"有多大
价码上都是一个标准
无论囊中怎样羞涩
廉价的抚摸
也得每日从"头"开始

湘江，我不是过客

俯身依偎船舷
轻捋江风的秀发
平静的河床，正在缝补
洪魔划破的心灵
橘子洲被霓虹托出水面
显得仍很有定力
有这块生命中的压舱石
这艘志大才疏的小舟
才行走得那么平稳
昂首得底气十足
当斟满一杯打湿的星星
月亮舀起了我的思绪
多少年来，江水将痴狂淹没
又将我的梦想泅渡
将污浊放生
又将我的赤裸返仓
在这条江水中
我不是过客
在那座横贯东西的大桥下
生命仍将多次穿越
在母亲平静滑软的小腹中
我将再次降生

老木匠

他挥斧削去的树皮
又在他的脸上长出来
尺寸量得精准，式样打得方正
活计都讲真材实料
一辈子榫是榫，卯是卯

他打的花床，让几代人都睡醒一轮春梦
他造的门窗，总含有桃红柳绿
他切出的棺木
却很难让人寿终正寝

每逢村里建新屋
都请他上大梁
爬上山墙瞄眼放线
上梁放正了，日子一久
下梁总有几根歪斜

他是鲁班的化身
没人敢在他面前抡大斧
一根根大树在他手下夭折
但一片片森林在他心中疯长
他用斧子没能削去贫穷，削去破败
却削去了年轻人的痴心妄想

他用墨斗弹出的村庄

因为老旧，而让人珍藏
他用凿子凿出的孔眼
因为方正，让人做事都有了规矩

在湘江边夜行

午夜在湘江边散步
江面静谧而平缓
就像过了更年期的我
江水在身子里流淌
这么多年仍清澈豁达
但今日的波涛
已浣洗不了那些悔恨的年华
无数随波已去的叹息
成了河滩上行走的月色

橘子洲在夜色中浮沉
那是我梦里的诺亚方舟
仰望雄伟的雕塑
一个苍茫岁月的世纪发问
早已尘埃落定，只有
那些不语的卵石
是多年以前
搁在江边的思考

东岸的高楼
屏蔽了飒爽秋风
将杜甫江阁拥在怀中

今夜没有心情和工部对吟

因为岸上璀璨的灯火

已让一首唐诗黯然失色

镜中白马

又到油菜花开时

油菜花又开了
阿芳，那年你的歌喉哽住了鹧鸪
今年，春风咳嗽了吗
你的瞳孔仍在冒着
远去的炊烟
像是挥不去的思念，阿芳
田野里的那些小黄蝶仍弥留
你秀发上的诱惑
一只讨厌的蜜蜂，追得你
将日子甩去老远
脸上滞留的那片云彩
是没来得及发出的那条短信吧
这些年，你还能听见
星星砸在田埂上的声音吗
别躲避了，阿芳
油菜花恣意
想霸占你的荒野
桃花、樱花和梨花
娇态百出
如果你心中还有我
阿芳……
我已不是你的竹马

秋风

秋风要来
我在半山腰等她
想倾听一次
往昔凋落的心情
是否还能摇响
系在树梢的风铃

在秋色中蹒跚
满脸皱纹太清晰
每条都藏着山中的羞涩
最深的那条
是返回春天的路
当沿着这条路来到山壑
啊　枫叶红了

GPS

梦中寻她千百度
心仪的那个人何时出现
无奈，只有在 GPS 上输入"她"
首先回答是：请稍候
最后告之：没有这个地址

在爱中迷茫了许久
真不知爱为何物
在神志恍惚中
输入痴迷中的"爱"
回答是：前面一百米往右拐
再回答是：前面二百米调头
……

一辈子为情所累
有时陶醉于情
偶尔在情中惊醒
更多的是被情抛弃
情在哪里？试着
输入了一个"情"字
首先回答：前面三百米有违章摄像，最后
回答是：前面是断头路

身份证

将脸谱和形骸重叠
压在一张卡片上
将细胞演变成一串数字
在虚拟的行走中验证人生的轨迹
这个要依附一辈子的标签
只有当我进棺材时
才会自行脱落
因为在地狱行走
不需要证件

你能证明我吗？不
你只能证明我的五官
五官后还有思想呢
证明那身笔挺的西装
西装里面还裹着灵魂呢
证明那半痴半呆的表情
表情中还有诗人的气质呢
证明那长得道貌岸然的形象
躯壳里还有男盗女娼呢
因此，你是一个彻头彻尾骗人的符号
你是我最真实、最权威、最可信赖的伪装

我在高原露宿时
你证明我来自湖泊
我在大海漂泊时

你证明我出生的小山村
我在戈壁寻找落日
你证明我捞过月亮的那条小溪
这一切证明都不重要，最关键的是
当我的一只脚迈出国门
不论到天涯还是海角
你一定要证明
我是来自何处的子孙

单车旧事

那时都不赶急
穿过香樟树，穿过紫堇花
穿过小巷，穿过青葱岁月
无忧无虑的风
向上翻卷着裙摆
风帆似的衣袂裹着春的气息
随一声口哨远去

朝霞的秀发
轻拂挂着余温的嘴角
月亮的脸蛋
紧贴上炙热的背膀
梦在行进中一直不醒
那是两脚上下翻动
始终踩着两朵轻飘的云

故事总是发生在一前一后
话题在左顾右盼中拥抱
远了，就使劲追上你
近了，握一下爱情的刹车
那时心中的王子
都不骑白马

并排停放在柳树下时
花丛中就飞进了一对蝴蝶

墙角那里老空着
肯定楼上悬有一颗心
当院子里响起熟悉的铃声
一个主妇端着的晚霞
终于落山了

那晚的红月亮

封存了许久的情窦
就像开了坛的女儿红
用鼻子，用舌头，用惊悚
都无法舔食它的羞涩

将地球的影子撕去
露出的不再是天真和稚嫩，它已用
一生的白堆积出的心事
制造无数绯红的夜色

心思仍将它那样悬着
让天下的夏娃
永远也吃不到的红苹果
夜色就这样揣着
空巢的男人们
何时才能等来的红绣球

二维码

生前我用手机扫你
死后，将灵魂制作成二维码
用它作我的墓志铭
不仅你扫我
玉帝扫我
阎王也扫我

防空洞里的记忆

那个简单的年代
明朝皇帝的一句老话
将童年拽入洞中
整个大地都在敲击
一个不朽的寓言
在洞中启蒙了
躲避天空的猜想
教科书释放的那些童话
将历史的银屏镂空
狭窄中灌满了青春的追逐
昏暗里时常冒出鬼脸
唬出发毛的尖叫
混浊的空气里
男同学偷吻女同学散发的清香
恶作剧珍藏了诙谐的鲁莽
洞底的小憩
藏着天空的瓦蓝
星星的翅膀
在猜测历史的脸庞
遥远的轰鸣
像记忆中的流星
悄悄划过童年的课本

旧军帽

柜子里淘出一顶旧军帽
一个冷却了的时代
涂抹着草绿的豆蔻年华
曾让河山的青春起伏
将军帽带在头上
朝霞给长江灌醉了烈酒
动脉让昆仑注射鸡血
长城的垛口都已失眠
眼前总有一只巨手在挥舞
年华涌动着色彩的梦幻
江山峻峭，姿态伟岸
阳光涂抹着大地的脸庞
记忆中玫瑰暗然失色
蝴蝶追逐斑驳色彩的信仰
在帽沿下的犀利里
藏着一对小辫扎着的篇章
抚摸皱巴巴的时光
感触到一种无形的放荡
用重组阳刚的染色体
试图拽住那根沉溺的视线
封堵住泄漏的锋芒

第二辑

镜中白马

将军的收藏

——参观会同县粟裕将军故居有感

三块仇恨的弹片
在一个运筹帷幄的空间里
缄默近六十载，最后
和一个高贵的灵魂一起
收藏在大地心中

它是脑海中的刀光剑影
伴着无数次冲锋号角
变幻出百万雄兵
在硝烟弥漫的疆场上
演绎出孙子和诸葛的传奇

那是战争与和平的丰碑
铭刻着正义的壮举
几十载血与火的洗礼
将一个凡人的肉胎与钢铁元素
熔铸成一种特殊的材料
品牌上贴着一个
全世界最著名的标签
——镰刀加斧头

当星星陨落为尘埃
不朽的灵魂咣当落地

恰似将军胸中抖出的三幅军事地图
记载着攻克的那些堡垒
也标示出三军下一步
永不停顿
进攻的红色箭头

祖国的眼神

在崇山峻岭的眉宇之间
那只明亮硕大的眼睛
没有冷漠，不显高傲
眼神中储存着爱因斯坦
永恒的猜测

一张编织了几千年的视网膜
抚摸过无数古老的星宿
用积攒了若干世纪的视力
永久释放出
穿透宇宙尘埃的魔力

在浩瀚的平面上
点击一下那颗万能的鼠标
眼光就像一支无与伦比的利箭
遨游在那无垠的梦境
用光年的计算尺
丈量着东方巨人的视野

从北京乘高铁出发

飞箭驾驭着春风
轨枕成无声的琴键
车轮上那些飞翔的事物
都从轴心辐射

子弹头用曲线滑翔出
风的速度
行走的低调与平稳
略显底气与城府
穿梭的身影揣着追求
往返于人间与梦境

抵达与出发的心声
与轨道重合
目光始终嵌着
那幅永恒的背景
飞驰的腹腔中窥视到
一个璀璨的星空在延伸
神灵从光影中擦身
古老的巨人
试图穿越那道轮回

玫瑰的温度

533 次列车像一支丘比特利箭
在高温中释放爱的速度
从车窗的折射中
有一对玫瑰在悄悄绽放
两对灼热的目光
就像刚点燃的秋草

当天使的红唇甜蜜地贴近神话
列车喇叭里突然传来急救的呼唤
她的神情立刻调整频道
猛地从宽厚的港湾中站立起来
直奔六号车箱而去

她用南丁格尔的心扉
释放出 90 后的冷静和娴熟
那双圣母马利亚的小手
在板结的灵魂上起伏
她抹掉男友刚留下的吻痕
用纯洁的无畏
吸吮着那失去知觉的闸门
司芬克斯终于从羞愧中逃离

我的眼神始终在追逐
这朵玫瑰的身影

她在我瞳孔中放大

在窗影的幻觉中重叠

在广柔原野的渴求中绽放

花季

她花季的期限
是胎盘内调拨的刻度
当豆蔻的睫毛紧合
一支粉红的花蕾
还带着晨露的余晖
那把裹抹大爱的手术刀
将积攒了十年的阳光切下
植入一汪黑暗的渴求
用少女眼中的那片纯情
拉开那久蔽的黑幕
再摘下能过滤清泉的器皿
连接上一个腐朽的漏斗
让那张浮肿的苦楚
从日夜循环的透析机上解脱
让母体中柔和的金木水火土
调节人间阴阳失谐的凡体
当准备掏出刚停止起伏的跳动时
那支沉重的签字笔搁下了
一个吝啬的哽咽
在那行文字上开始抽泣
连着父母主动脉的那颗心
如果挪到一个陌生的位置上
女儿的灵魂还能
找到那根脐带的感应吗？

天宫二号

中秋的夜空宁静　深邃
无法揣摩宇宙的心情
空中悬着的镜头
打磨得溜圆　擦得锃亮
那只摁着快门的手
还藏在众神的背影里

宙斯那无形的手
稳稳托着一团圣火
成彗星的反方向运动
按一个东方的意念
从容得不偏不倚
它没有在太空抢占
一颗星宿位置的企图
而只想在变幻的银河里
安放一个古老的梦想

月亮白得很安详
那高冷的脸色
让我在半夜的这场盛事中
茫然不知所措
广寒宫太凉　太孤独
储存了太久期待

企盼在太空的轨道上
有一个东方的灵魂
迈出铿锵丰盈的步履

镜
中
白
马

上帝的脚印

他从乡间来到城市
在一个酒店大厅揣摩世界
总想擦去梦中厄运
地板上种出的都是影子

每日重复默写生命的程序
在记忆中还铭刻对牲口的吆喝
那儿时在练习本上的橡皮擦，在这里
却擦拭着一茬又一茬上帝的脚印

仿佛行走在平静的海面
大理石的心情随枯燥起伏
灯影闪烁着虚幻
惆怅的漂泊
无法在这坚硬的水面抛锚

漂流书亭

钱塘江边的漂流书亭
似风流倜傥的江南才子
天堂的口袋里
揣着花前月影的旧章
信手打开流水扉页
浩荡中尽露江郎才情
江风轻抚，碧波荡漾
伴着波光诵读
彰显出词牌之不朽
从南往北漂流
又从西往东漂流
傲视揣着湘水余波
麓山将书凝成一种坚守
而钱塘则荡涤出墨香之畅想
江入大海，潮回梦想
借用月色牵引
波涌连天，异想溅射
奔腾出荡气回肠
那些良渚的染色体
在流水中浣洗出大数据
宽阔的江口
插上云端的路由器
平缓的波澜下
奔腾着一个巨人的网速

漂流着，汇集着，交融着
西湖的那面折扇
在地球上摊开
将梦点击成一个平面

高空的音符

高空带电作业者
在崇山峻岭上的百米之悬
用身体微弱的静电
拨动着大地超高压的心弦

他调试着大江南北
让河山成为背景
冰雪化为披肩
孤独的身影
却与一股强大的暖流绝缘

把太阳的眼神当琴弦
用胆气和细腻弹奏火的节拍
在串联千家万户的五线谱上
标注出一个无声的音符

焊工之歌

当闪电划过长空
那是苍穹与云彩
在碰撞心灵
当工地　车间　设备
射出紫色的孤光
那是一个大国在用智慧
焊接一个复兴的灵魂
宏伟蓝图的构筑
需焊接亿万个梦想
泱泱大国之兴旺
必攀登无数座高峰

把梦想和蓝天焊在一起
把胸怀和大海焊在一起
把追求和太空焊在一起
在闪烁的汗珠中
一颗颗赤诚心焊成民族魂
一个个创造梦焊成中国梦
把坚不可摧的长城
焊得针插不进
把国之重器
焊得无隙可击

只有这样
镰刀和锤子才焊得

更加铿锵
卑微和荣誉才会焊接出
绚丽的弧光

无人机婚礼

不能再用程序
搁置一对久违的翅膀
那城市的低空
为啥管制两颗心的飞翔
去郊外打开一个镜头
让海滩腾出夜色
这时，星星们
会拼凑出一朵玫瑰
悬在半空的心
等待一只箭的浪漫
那海浪的眼神
将往日的吻痕擦亮
头顶闪烁追逐
裙摆调控着海风
心的按钮
套上了中指
当烛光牵出月色
用双臂箍紧的距离
已无法遥控

惆怅

滨江风光带的游道
有绿色、绛紫色、麻白
他迈着色盲的脚步
印刷着一个个惆怅的影子
黄浦江杂念太多
用混沌的思考
无法还原千里之外
梦中描绘的倒影
两岸那些雍肿的躯体
早已有时代的包浆
不可腾出一个孤独的窗口
那颗闪烁的明珠
也无法拉升人生的高度
只有游道旁的垃圾桶
硕大而虚怀
对一个尚未废弃的灵魂
吐出花蕊
他拽着一个被拉黑的界面
正在投向那个
不可回收的豁口

惊悚

喧嚣刚从子时脱身

数字在寂静中缓缓爬升

咣当一声，猛然下坠

黑暗已将惊悚悬在半空

打开手机微弱的荧屏

人间的信号已不再跳动

那就向菩萨发条微信

但愿有一双手在默默托住

散架的一百零八个符号

还是关掉手机吧

别让这孤独的恐惧

勒索掉仅剩百分之五的光明

将站立蜷缩成一个蒲团

让生命紧贴箱底

生怕上帝松开保险闸

下坠中，将灵魂从脑门中顶出

此时，阿黛尔《坠入深渊》的歇斯底里

也飞不出这光滑的铁掌

在这个没有缝隙的世界里

求救只能塞进肉体

使劲调低焦躁的频率

用意念抚平那冲撞的波澜

避免人间的首次虚脱

丑时，蟋蟀已安眠

牵着纤细的鼻息

让无赖慢慢爬入了梦乡

在没有天窗的铁屋中

匍匐

洪水退去的江堤上
那些匍匐的沙包
似岿然不动的一堆躯体
累倒在睡梦之中

我藐视败退的洪水
用英雄的眼光
仔细打量每一个韧犟的沙包
发现它们都弥留着大禹的气息
有的显现出女娲的手印
管涌处那个破损的
似乎刻有黄继光的名字

回想那天江水恣欲
超越历史最高水位的危难关头
无数沙包长龙一般涌向大堤
它们将渺小的躯体
修炼成一条条坚强的灵魂
让每一股混浊的魔流望而生畏

洪魔终于瘫软了
每个管涌都不再疯语
雨后的绚丽绽满了蔚蓝
用手抚摸着这些疲惫的沙包
心想,这些平凡的垒砌让丰碑

铭刻了这个英雄的城市
我试图一个个镂出
它们的名字

止间书屋

建湘北路一个拐角里
用茶色玻璃装饰的书屋
像嵌在钢筋水泥中的一块宝石
折射出这个城市的那片星空

进门过厅中立着一棵枯树
枝条上挂满留言
书橱里储存的养分
在冬天里长出的灵魂

一个女孩蹲在一隅
手捧一本很厚的新书
在无意中打造宁静
神态不显得孤独
因为，她正在打开
阿多尼斯的那座花园

两排书架中
一对情侣在拍婚纱照
时髦夹在站立的海洋中
他俩用诗和远方
将爱情制作成一枚书签

我要了一杯拿铁

手捧犹太人痴迷的《塔木德》

在辽阔的深秋里

翻看落叶掩盖的脚印

母爱的回音

——泣张雪霞寻儿 25 年

附在母亲身上的魂突然丢了
安在父亲躯体的肋骨飞了
月亮整夜都流淌泪水
那口嘶哑枯井的呼喊
在天崩地裂的缝隙中回响

当父亲心中的太阳不再在地平线上微笑
那座托着朝霞的山峦
便在一夜之间轰然倒塌
在绝望的深海中再没浮起

那根痴痴的视线
行走了九千多个日夜
寻觅中存储的那些未知数
铺满了码头的石阶
涂抹在黑色的沥青路上
留存在晃动的眼神中
随着许多似是非是的背影
消失，消失……

一个偶然的机会
她将十月怀胎打造的那张小脸
在最高的位置用最强最宽的频率

发射给人间所有等待的眼神
用那块殷红的胎记
作为母爱存储的高频信号
让同一个型号的 DNA 连接上天下那唯一的生命感应

那一天，母爱的强大浮力
终于将一块石头从大海里托出
一声破天荒的呼喊
从一个微小的屏幕中突然跳出
一颗远在天涯的心跳
接上了那根割断了许久的脐带

一首"妈妈，我在等你"
缠绵出子羊跪乳的低吟
母亲那倒干了泪水的躯体
终于又盛满了分娩时
那声啼哭的回声

神采

在古老的湘江边
一个落满历史尘埃的工厂
孵化出难以置信的速度
高铁穿梭于大漠河川
梦的距离瞬间缩短

这个飞驰的神话中
汇聚了 360 度经纬的智慧
植入了两个半球的基因
在改革开放这个恒温箱中
意外在脱壳而出

一个民族的超前思维
让轮子和车身长出翅膀
轨道产生了浮力
长在芯片上的智慧
将钢铁细胞激活
这些从鄙视中熬出来的自豪
在飞速的流体上
绽放出自信的神采

老村长

界牌村在秋风中颤抖
那片飘落的枯叶
划伤了落在村口上的夕阳
骑在古道上的老屋
仍包浆着
红薯烤焦的背影

牛绳系住的那座后山
不再是一座祠堂的靠椅
那个喝得通红，光着膀子舞着龙头，放着响铳的正月
已从一个纸人的烟烬中飘落

人丁兴旺的族谱
在遮掩中续出香火
挥着蜕变的镢头
挖出白骨色的矿藏
月亮撒下的银子
浇得腰包的欲望疯长
那些闭嘴的深坑
仍弥留着嗓门砸出的懊悔
如今，一座古村的弦断了
你躺在棺木中
就像那张被抛弃的琴

面壁的老虎

石壁下
已心静如水
寺庙里木鱼声
不再吟唱
山下的女人是老虎

深潭似的意念中
斑纹开始消隐
绛紫色袈裟在舞动，有人
为制作大旗而发愁

默念的金刚经
正填平踩踏的那些凹陷
宴席已散
众兽走在回家的路上

森林不再呼啸
花草从倒伏中伸腰
鸡和狗的对唱
伴奏山村炊烟起舞
一个"王"字
正从额头上褪去

净身

一个二十岁少女的花季

竟和罂粟争艳

那冰晶玉洁的灵魂

与一群淫魔共舞

利诱让她深陷

在囹圄中不能自拔

也无力再回到童贞的梦想

现在，她唯一的企盼就是在死前净身

将依附在体内的恶魔驱赶

裹着一副干净的皮囊

投胎到一个洁净的来世

深信第二个美丽纯净的花季在等她，那里

不会再有长出毒瘤和淫魔的空气，行刑前

她提出了一个让世界羞愧的请求：

"请将我体内的避孕环取出！"

小学

一个朋友没上过大学
成了软件设计高手
那天他给我演示计算机
七岁的小女在一边
用玩电游的眼神专注地看
她还没长成大数据
云计算里也只有加减法
没从图像中找到笨拙的熊二
朋友的演示完成后
我钦佩地感叹：
看来成才的人不一定都上了大学
小女接着说：
爸爸，成才的人一定要读小学

私聊

清明节，老婶子给丈夫上坟
烧些纸屋家什
在烟火缭绕的坟头
边烧边碎念：

老头子，我知道你老寒腿
给你送辆小车
方便时，开车到菜市场逛逛
不要怕开销大
奈何桥上不设收费站

紧接从布袋中
掏出一大叠纸钱
往火堆上边撒去：
老头子，过去的日子穷
你一个子掰成两边花
今天给你烧一万元一张的
想必你那边也通货膨胀
给阎王打红包
一百元的钞票也拿不出手

最后，拿出一台手机
点燃后，对着墓碑叮嘱：
你一定要学会用手机

记得加我微信，私聊

可千万别加我的朋友圈

她们最怕说鬼话的人

到广州有跳探戈的冲动

迎着南海的气息
抚摸椰风
微张红豆的笑靥
将皮鞋擦亮，步子
时快时慢而有节奏感
朝着宽敞的大厅
打开有风景的窗口
将筹码揣在怀里
西装不很合身
但领带比红领巾要挺
她不用眼神看我
总站在舞厅的中央
高挑扭动的身材
递给我仰视的冲动
虽然囊中羞涩
那些晃动的灯光
大海波涛摇动的节奏
在注射一针鸡血
真想斗胆伸出右手
搂着小蛮腰
踩着冲动的节奏
跳一曲探戈

北漂的雨

记忆最深的
还是北京那场雨
像一首情歌
浇开北漂中迷茫
跟着那场牵魂的雨
一只蝴蝶打湿了翅膀
停泊在南来的
一个音符上
就这样，雨有了旋律
加快了节奏
梦中浇出了果实
雨一直下，从北边下到南边
又从南边下到西边
像不间断的琴弦
每个音节都拔出一个
浪漫的八度

镜中白马

流水牵出的倒影
洗不掉天际的尘土
苜蓿草的心思
揣着水中那朵白云

河岸山峦疏影静立
芦苇给深秋披上了假发
有人在视线尽头等候
他却从镜中走来

当彩霞铺满苍穹
目光挂满了金色的铠甲
但那道白色的闪电
仍在拨弄春天的心弦

紧搂着梦中一袭余温
野花、彩石都在跳跃奔跑
青春的快门
套不住风驰电掣
缰绳，拴在那支箭上

广场的晚风

广场舞的音乐欢快地响了
夕阳将心情递给了月亮

推着轮椅的小保姆
把朝霞装在晚霞那个轮子里

那只在半空中断线的风筝
是少女失恋的 N 个情人

一对切切私语的老夫少妇
依偎人生的断崖上

踏着滑轮飞驰而过的少年
将妈妈的梦想碾碎

草坪上吊嗓的男高音
正在从喉咙中拔出帕瓦罗蒂

转不动的摩天轮使劲地拽着
地球转动的节拍

荒唐的仲裁

渤海　黄海　北海　东海加南海
五姐妹都是父亲的小棉袄
仲裁庭你比对了吗
五个指头都有母亲的 DNA

西沙　中沙　南沙
岛岛礁礁　礁礁岛岛
那是盘古开天地时
女娲补天镶嵌的星星
精卫填海的土堆
仅凭一纸荒唐
岂能瞒天盗走母亲的心

偌大一个中国好风水
金木水火土
北靠祁连和泰山
南临沧海瑞风吹
岂能让仲裁碰缺
母亲出嫁的梳妆台

月亮撒了一把盐

那条通往村庄的小径
像一条发不出音的声带
许久没哼出一支山歌
也没吹过一声唢呐

晚风摸不到老屋的心跳
昏暗的灯光下
只有爷爷的胡子里长满故事
奶奶的瓜藤上缠着枯萎
隔壁那棵羞涩的桃树
春风中飘落了笑靥

李家院内的那枝红杏
在张家的墙头搁着媚眼
小花猫懒懒的
睁着一只眼，闭上了另一只眼
夜色中，月亮给村庄
撒了一把盐
将寂寞腌制在山坳里
岁月从罐子里掏出的
仍是皱褶的身影

落地

一次难忘的空中旅行
魔鬼般的云流
欲把客人掀到舱顶
几百颗心似乎要抛向天空
那一张张肃穆的脸
好像要提前举行
空中告别仪式
我闭目祈祷
神啊 我现在万米高空之上
你快伸出万能的手
因为只有我
已感应到你在身旁
坐在身边的小伙子
正在给妻子留言
亲爱的，如果我掉入大海
你一定会看到一个红色标志
那是本命年
你给我买的红裤衩
如果掉入雪山
那你要等若干万年
才能在冰川中目睹我的英容
他笔刚停
飞机已安全落地

封面照

——献给诗集《锦瑟》作者

人间四月天
你用玉簪花的恬静
打开了阿多尼斯的花园
《刹那》间，春光的秀发
在封面上倾泻

我的那页黄昏
被滚动的短句打湿
从深邃静谧的投影里
坠入马里亚纳海沟
为了潜入一首诗的心底
始终攥着你那根
黑暗中的灯绳

抚摸这涌动的封面
我不敢触碰你那含蓄的双唇
因为，手中没有达芬奇的画笔
无法描绘你深藏的
那个庞大春天

佛脚

他的那些事
不能对妻子讲
也不能跟朋友说
更不能向上司坦诚
抱着菩萨的脚
心情很忐忑
睁开眼，菩萨盯着他
心里总发麻
闭着眼，木鱼敲击他
肚里直打鼓
最后他想跟菩萨分赃
以捐香火钱为名
买个财退人安的护身符
不久，终于东窗事发
菩萨的袈裟没能裹住他的自由
一只正义的手
要从庙里划走那笔捐款
方丈实不情愿地说
给菩萨的钱
你们也要划走啊

欲望

华沙的礼拜日
街上没什么行人
人们都安静地呆在教堂
低头向主忏悔
上帝只需用凝重的目光
就宽恕了所有信徒
家乡的菩萨负担太重
人们烧香拜佛
从来不忏悔自己
而是欲望十足
求菩萨要保佑的事
每人都可倒出一箩筐
唉，同是天上的主
为啥东方的菩萨
比西方的上帝要累？

玩套娃

小孙女在玩套娃
将一个个小人从大人中剥出来
剥到最后一个
她问：爷爷
为什么小人都藏得这样深

刮须记

那镜中长满胡茬的人，脸色黝黯
挟公文包的不像他
端坐办公室的也不是这样子
镜面有时也误会
让一身得体的西装、领带、白衬衣
搭配出邋遢的晨光
昨夜，荷尔蒙在栽赃
将一些藏在白日的秘密
用扎手的方式塞给没有预演的梦
早餐前，必须修整出光鲜的伪装

上班的眼睛都在打招呼
他庆幸自己的脸色
隐瞒得很光滑
从不让刺悬挂嘴边
也不想把茬
留给上司目光中的刀片

听古诗词教学有感

花甲的懊悔在台下正襟
和青葱举案齐眉
在大数据发酵的时节
吟唱一个灵魂的原声和底色

饱读诗书的陈琴
正打开《诗经》的录音带
她那平平仄仄的教鞭
将一首诗从海子的魂中唤醒

王海兴推开了千年的古窗
山月屏蔽了心中万物
高铁让我无意怀乡
只有蟋蟀掳走了
那勾魂的月光

在窦桂梅的低吟中
接过《戴嵩斗牛》的饮料
瓶中搅拌着古董与新潮
在放牛娃的眼神里
"小冰"夹着时尚的尾巴

拿到潘兴和赠给的拐杖
诗魂在摇摇晃晃的人间站稳

今后，再穿越大半个中国
只为打捞那
斗酒诗百篇的倒影

注：小冰，写诗的机器人。

第
三
辑

故乡的乳房

登岳麓山

你登过岳麓山吗

湘江边上那道涌动的脊梁

别老在山的影子里跋涉

从一首世俗的词赋中走出

取景框中才不会是平淡的风景

登岳麓山

最好提着月光抵达

闻着书香启程

如果饮马池中落满了星星

肯定有两颗最亮的举着灯笼

你可手持向导的千年拐杖

用南来的太极敲开山门

登岳麓山，要赶在深秋

走一条鲜为人知的小道

顺着繁体字垒砌的台阶

踩着木鱼声中散落的腐叶

每攀登一步，脚下都会渗出殷红的足迹

登岳麓山，必结伴而行

半山腰有灵魂向你喊话

影子中的长衫马褂

手持八卦阴阳

他们在亭子中品茗一杯星星

满山的枫叶都在窸窸作响

倒影从湘江中站立起来

见到云麓宫

别误认为登上了山顶
飞来钟的声音里
隐蔽了一条更远的古道
那些直耸云端的墓碑下
垫着更高的峰峦

炎帝陵

迈进炎帝陵园
每个细胞在得到印证
基因都忙于比对
那些时光垂下的根须
一扎入我的心房
毛孔立马嗤嗤地长出新芽

那些叫不出名字的花草
簇拥着古老的灵魂
曾咀嚼过的那些枝叶
已长成乌黑的发际
萌生出黄色肌肤

仰视那巍峨的身躯
胸脯中回响五岳的足音
穿过长江和黄河两条肠道
残留着人间百草的味道

经常揣摩自己的身段
总想找到祖宗的遗风
手相似，脚相似，五官相似
遗憾的是，何时磨去了
头上那犀利的棱角

铜官窑的温度

——观长沙铜官窑有感

这块曾烧到 1300 度的热土
把一段文明史烧红
将湘江的诗意煮沸
把一个朝代的秀色
牢牢凝结在釉下
最终把一个国家的姓名
烧成 China

抚摸那一条条带着余温的龙窑
就像扪及一颗古老的心跳
那重重叠叠的瓦瓮
个个都还在张嘴诵读着
一个王朝的诗章

这湘江边千年的炉膛
淬炼了一个时代的性格
从烈焰中走出来
一块块不朽的墓碑
灰烬里遗留下
点燃灿烂朝霞的火种

麓山寺月色

夜风轻抚
月色中的古寺
深嵌在银锭之中

钟声远去
木鱼歇息了
只有银盘挂在飞檐上

庙乃老旧
佛也打盹了
月色在把寺院装裱

推开寺门
走进来的不是神灵
也不是和尚
是月亮的光明

爱晚亭

爱晚亭，沧桑的品茗者
几朝枫叶飘零
一条江水的颓废，已从
视线中隐退
阁檐飞展，水镜低悬
清风泉不再述说
那白驹过隙的倒影

春风拔节的时光，读书声
催开满山的红杜鹃
晚霞收敛的宁静
揣着母爱的人，仍把
夕阳当酒杯
星光闪烁的夜晚
豪情与明天换盏，热血和
西方的一个幽灵对樽
那些来往的背影，总依偎着一座山滚烫的脊梁

日月荏苒，菊香满坡
安详和一轮秋色厮守
亭柱挺直，放逐的眼神里
仍搅着远去的余波
敞开的胸怀久久蓄着
南来的书香

桃子湖的眼神

麓山下的那面镜子
镶嵌在青春的反光里
那些枫叶裹着的情怀
词语中浣洗的莲荷
都成了时光追逐的倩影

镜片中静谧的眸子
那是大海中遨游的眼神
在倒影中掂量一座山的份量
打开柳叶纷飞，满眼桃红的季节
将春风塞满人生的双肩包

冒着余温的石头上
搁着日记中的将来进行时
湖边那些古板的栅栏
是青春正待跨越的那道公式

木芙蓉张开了腼腆的笑靥
那些穿梭的白线鱼
是失落水中的丘比特
波纹将情话搓成了百褶裙
月亮成了放生的信物

墓碑

敲击键盘的纤纤之手
点击一下山脉的七十二骨节
坡坳上便有星光在闪烁
那些刺破山岚的利剑
是悬在豆蔻心灵上的寒光
扛着一座山的嘱托
江水倒映出豪迈和铿锵
青春的标点在晨曦中奔跑
梦幻中有一片红叶飘落
那是一个幽灵在轻轻寄语
时光山道上攀登的脚步
无意踩翻的那块青石
定能收藏绝笔中一个念想
那座亭子遮挡住了
满山的倜傥风流
半部史书却垫高了
一座山峦的视野

瞻半学斋

嗅着一千年沉淀的墨香
膜拜一隅僻静的斋舍
当羞愧和汗颜迈进这厢静谧
站在才高八斗学富五车的灵魂中
只能用仰视触摸
那些厚重高深的奥秘

那张破旧的书桌
曾摆着一叠经世致用的线装
一百年前的老式木椅
已无法挥洒
一腔指点江山的热血
长衫马褂虽已离去
反手执掌的那轮乾坤
仍装点着桃红柳绿

在这畦经史子集的沃土上
播种血性和脊梁
那些于斯为盛的如椽巨笔
用去留肝胆身酬滔海的气势
书写出一部宏伟苦难的春秋

注：半学斋是岳麓书院中古老的学舍。毛泽东和中国近代
史上许多革命家曾在此研读。

故乡的石板路

有些历史用手写在纸上
轻轻地便翻阅过去
这里的演义
用脚拓印在石板上
厚重得不易折叠

时光将半边古街
打磨得发亮
凡是路过的人
低头可以找到影子
对照前人的风范
还能整理自己的衣冠

每一块青石板
印刷着古老的脸面
踩着那些凹凸的节奏
脚底涌动千年底气
铿锵的经典里
行走着几分羞愧

穿过崀山一线天

当步入一线天
石壁传来喘息声
前行的人头低沉
揣着好似往地狱行走的忐忑
那些肿胀的痴心杂念
在上帝那双巨掌中接受
公平的挤压

命运是有落差的
在顶峰行走时
白云唾手可掬
整片蓝天也不会珍惜
当躯体囿于深渊
高出红尘万丈的那一线光亮
却将奢望牢牢系住
让灵魂高悬

人生是一枚楔子
在陡峭的坚壁中寻觅缝隙
柔软现已窄进心肠
让淬火的那一节

楔入人间痼疾
挤开天地间的悲喜
拽住山峰上的那一缕清风

不知将肉身安放何处

披着寒雾的阳明山
帐幔中藏着诱惑的唇瓣
满山的惊艳，正等待
冲破世俗的禁锢
山岚的衣袖
擦拭出万河湖的倒影
那条四月的裙钗
在山峦上刷屏

阆苑湖的几棵水杉
站在湖面中修神
郁葱的红尘已经退去
宁静的倒影中
无法识别出
他们曾在人间的身份

披着打湿的虔诚
迈进一座寺院
十八罗汉手舞足蹈
在鄙视我手中没有法器
墙上镶嵌着万尊金佛

将天庭的位置占得密不透风

我步七祖佛而来

已不知将肉身安放何处

岳阳瞻杜甫墓

你的那顶乌纱矮小
总在天庭的视线之外
那支笔却抬得很高
众山小得都不能
融入你的境界

秋风吹破茅屋
让你才吐出一轮寒月
江水拽落了夕阳
那是岳州有幸
挽留了一首绝章

你用苦涩浸泡词句
孤舟中载着一个朝代的消瘦
只有洞庭的波涛
才能葬下那个
诗歌的春天

南岳的香火

山不在高，一柱香火
锁住世间的梦
那些缠绕的山岚
是牵挂在祈祷
祖母是那柱不灭的香
她跪拜的脚印
仍在天空中行走

信男信女们
都揣着菩萨的眼神
巽卦里藏着笑靥
往来名利场上的浮云
摇晃出的竹签
成了奢望的倒影

而半山的那些坟茔
燃着血光的青烟
灵魂仍在夜空中闪烁
用肝胆点燃山岳
永续着传奇
经久不熄的香头
仍举着梦想的头颅

字的灵魂

在宛旦平的故乡
有一座燃放废字的塔
三层石头古塔中
焚烧着读书人的残笺废墨
古人珍惜仓颉身上卸下的每一块骨头
将字的骨灰虔诚地用塔珍储
让后人对文字敬畏和膜拜
目睹这古老的惜字塔
一些锥心的记忆在心头翻腾
那些用精血镂出的汗青
曾被焚烧成孤魂野鬼
耿直的言辞戴上地狱的镣铐
晦暗的线装弃之高阁
让祖宗的笔迹在日晷的长影下发霉
之乎者也的躯体在键盘中迷路
收集从字塔中流失的岁月
临摹祖先崇字的图腾
拟在一个鼠标恣意的平面上
重建屹立在心灵上的字塔
让书写成为宗教
汉字的灵魂不从光阴中走失

观湄江仙人洞有感

迈入仙人洞
洞身高大宽敞
凉风清爽
真是一个绝妙的仙居之所
如此舒适的大洞
足见神仙比凡人过得奢侈

老天爷这年岁不长脸
往日洞中清澈的水面干涸了
游客只有步行进洞
抓住栏杆攀行
神仙出门办事
也没有水路可走了

行至二百米
突见洞尾天光泄漏
站在洞底仰望
顶部打开一个偌大洞门
为了便捷
神仙在洞顶修了两座石桥
我疑惑，难道神仙
也要给自己留条后路？

籍贯

每次填写籍贯
那支笔尖
就好像扎着了故乡
烙在记忆中
永不脱落的那块胎记

记不起家门口哪块青石板上
还有我稚嫩的脚印
也想不出老巷中哪个门垛里
钉着生锈的那块门牌号码
只有妈妈对我乳名的大声呼唤
仍在震撼着游子那
摇摇晃晃的魂

在江湖匆匆行走了许久许久
风沙裹得我严严实实
戴着面具演绎虚幻人生
不管怎样包装
大山里走出来的山货
总打着原产地
那个无法改变的条码

乾坤日夜浮

李白走了这么久
岳阳楼仍在水中摇晃
二乔在勾引世俗
君山一直摁不下去
湘妃时常从水中站起来
乾坤在忐忑中起伏

凡间的水苦咸
盐托举着黄色的欲望
白帆是云彩的手影
风在当吹鼓手
将湖水吹出泡沫
鱼儿是梦幻破灭的祸手

祖母没上过岳阳楼
她不登庙堂也不处江湖
站在湖边六神无主
自幼就在心中下了锚
那双蹒跚的小尖脚
是插在大地上的一柱香

博盛园的孔雀

在几个稻草人的陪伴下
孔雀在低头觅食
一大帮游客走近它们
有人摆弄自己的花裙子
孔雀视而不见
还有人贴近孔雀的耳朵
播放关牧村《当金风吹来的时候》
孔雀充耳不闻
它们离故乡太远了
哀思锁住了它们的羽屏
游客都走了
唯有一个尚未出嫁的大姑娘
正和一只白孔雀对视
白孔雀太美了
她真有你不开屏
就不走的痴心
白孔雀望着她，好像在责备：
"你为什么还不开屏"

观音崖皈依

峭壁上行走的云朵
都是你的柔肠
影子在风中隐形
真身从莲花般的泉水里
退还到凡间陡峭的心灵之上
永恒地守望着
人间那片悲悯的星空
拂去西来尘埃
抚平南海的波涛
踩着几声木鱼驻足
湄江的心事已清净无为
我这块粗砺的玩石
必在此处圆通

天子山童话

天子住的地方真美
草树是玉琢的
灌木都用珊瑚堆砌
小路铺着月亮的碎片
穿鸭绒服的游人
活像童话中的企鹅
移动着雍肿
一只灰色的松鼠
从银色的衣袍里钻出
在天子身边呆久了
尾巴翘得很高
天子在晶莹中透露出
昔日的威严
凡间枯萎的心事
一夜之间在风中隐去

天门洞

今天万里无云
阳光的折射
好像给天门洞
安装一面晶莹的镜子
洞旁的那块巨石
似正在梳妆的狐仙
砍柴的少年
开始和神仙打哑语
蝙蝠侠想冒更大的险
表演高空穿镜的神仙术
夕阳下，我的灵魂却很沮丧
因为下山还有路
上天却无门了

雪眺后湖

一觉醒来
大地健忘了
只有后湖的眸子里
仍记着我的倒影

湖中的小岛
轻搁在镜面上
真想从麓山的嘴边
夺回儿时那块棉花糖

飘在湖边的小船
是失恋扔掉的那张白纸
湖水咬破大地
给春风留出了空白

祠堂

半部论语能治天下
一句圣贤却守不住门楣
那些斑驳的旧影
已成一个古老姓氏的包浆
残存的飞檐翘角
是时间谪贬了的顶戴

《南风歌》不再绕梁
择木而栖的鸟儿在史记中远去
那个朝代的构想
已坍塌成传承的悔恨

钢筋水泥书写出符号
巴掌中撕咬的欲望
那些退化的行矩
似贪婪的刀痕
将一个影子切割

槽门口的几位老妪
黄昏雕刻的版画
用皱纹在涂抹族谱
眼神追问着那些后生
祖宗都到哪儿去了

老屋

老屋被时光压垮了
繁体字垒砌的那些记忆
已没有归程
那个囚着童贞的窗棂
倾倒出隐秘的哀伤

堂屋在残垣中祭奠
天地君师亲无序排列
神龛里远去的缭绕
在族谱中翻着续弦的香火

那堵与天地垂直的山墙
不能成为一个字号的依靠
纺车、犁铧、蓑衣
匍匐在斑驳中的背影
再也没有阴湿和黑暗来豢养

镶嵌月亮和星星的天井
儿时梦中猜测的一片瓦蓝
用小手牵着的雨丝
再也拉不上那虚幻的天幕
蛤蟆和蟋蟀的天籁
已无法喊出那片宁静

辣椒的地理标志

春天的肚皮下

大地倒挂着青涩

一旦露出腹腔

一束束星星之火

必与天空争夺燃点

触摸这方水土

肌肤有烧灼的刺激

骨髓　血管和瞳孔

细胞被激情点燃

喷射出殷红的冲动

一条雄壮的动脉

执拗地向北

盯着母亲的方位

那是一个澎湃的魂魄

在倾诉一腔赤诚

一首歌中寻找地理标志

裙钗吟唱出桀骜不羁

火辣中绽放的妩媚

有撩人的诱惑

涟水情

真想用昔日清澈的涟水
冲洗出那遗忘的倒影
用 n 倍的像素
翻拍岁月中收藏的追逐
用微信转发给走失的炊烟

紧紧拽着一根浑浊的腰带
进入尚未冷却的腹腔
那群山环绕的臂膀
仍像托举我的胎盘

一直称呼两岸为故乡
将这两个字立起来
就像夹着红薯的那双竹筷
一根是苦命的母亲
另一根是烧香拜佛的老祖母

曾用一首童谣晃着木船
蓝天映衬，水草深情
在一缕香火中起程
风帆悄悄地拉上两岸的夜幕

如今乘着垂暮的老舟
从古桥夕照中穿越
石拱像坚硬的肋骨

撑着古镇臃肿的躯体
万家灯火已在波粼中走失

找来那只扑通的小木桶
再光顾古井那凹陷的眼神
是否能舀上那年掉下的月亮
翻看儿时忐忑的表情

踏着青石垒砌的码头
收集木鱼声中残留的月色
母亲一生都在浣洗八字
那远去的捣衣声
不再是命运的鼓点

岸边老宅的那些门洞
都睁着陌生的眼睛
旧木门上仍有褪色的财神
天地君师亲蹲在神龛上
老祖母的眼神里
仍惦记着活着的人

故乡的文塔和武塔

文塔和武塔
两颗历史的钉子
将一个从黄河以北
迁徙来的家族
钉在涟水的尾巴上
龙的一块鳞片
在这个不起眼山冲里
闪烁着古老的光环

一个用黄河水浣洗大刀的姓氏
有逼人的剑气和魂魄
那倔强血性的基因
在血与火的洗礼中
擦拭着那根
顶天立地的图腾

每个院落都浸泡在八卦阴阳
那些破旧的秦砖汉瓦
仍吐着昔日的之乎者也
孤独的拴马桩
系不住没有轮子的朝代
回澜阁仍烟火缭绕
财神的眼睛比过去更有定力
使劲盯着几个
攫着财运的后生

大山岭上的武塔
是祖先背脊上长出的锋芒
文塔立在五岳寨上
那是世代埋下的巨笔
多少年来，在族谱上行走
这个家族总有
字正腔圆的底气
和铿锵做人的精气神

夕阳下，塔影和我的梦重叠
小山冲那古阁老宅的手
翻开心中的线装旧章
在一个千疮百孔的平面上
收集那些仍能激活
的细胞和念想
用文塔和武塔的方位
丈量出山冲里
炊烟积淀的厚度
比划着后人攀爬的高峰

三甲乡红旗居民点

错落有致的古村中
排列着晦暗的火柴盒
老旧的青砖黑瓦
弥留着浮躁的烟垢
斑驳的老墙上
那些隐约的红圈黑字
是在发烧的时光中
走失的神笔马良

那时的躯体在虚幻的泡沫中聚居
精神被一口大锅喂养
炊烟的步伐由钟声调度
晚霞在村口的喇叭声中
吹熄星星

杉木门框中偎着一位老汉
村长唤他为"跃进"
他从梦想的子宫中降生
几十年过去，至今仍
珍藏着那份乌托邦的虔诚

遁着这条亢奋的时光隧道
感受忽左忽右的日月

冥冥中真实地感应

那年好心夸下的那些海口

已在一个个真实的

故事中显灵

月亮像个糍粑

今晚月亮真圆
把传了多少代的老石臼洗净了
将盈盈的月色倒进去
你一锤，我一砸
越打越稠
越砸越黏
把散落的心
紧紧粘在岁末里
春天来了
再黏的糍粑也粘不住
那南飞的翅膀

把一个个心愿
印在杂木模子里
压出来的
个个都是圆润结实的山里娃
打出来的是
那种咬不动扯不发的汉子劲

临行前
母亲在背包里
悄悄塞满了月亮
那是烘干了的牵挂
烤热了

粘着我的嘴

吃下去

黏着我思乡的心

老铁匠

炉火中溅出的星星
已回到天空
无法仰视
躺在棺木中
眼睛似熄了火的炉门
凹陷的两颊
干枯瘦长的手脚
像淬了火的铁棍
再也不能烧红自己

那些削铁如泥的时光
都嵌入了你的体内
打造的那些犁铧
再也翻不开那个春天
被宰杀的牲灵
想赎回你制造的锋利
只有赠出的剪刀
一直无法
剪去那段痴情

故乡的乳房

月亮的小手
从篱笆里伸进来
将童年从梦中拽醒
站在蝈蝈和青蛙之间
打着夜莺的口哨
屋顶便有星星落下

下垂的瓜棚
挂着故乡的乳房
露出乳牙的玉米棒子
在风的怀抱中撒娇

露珠和小草的恋情
在晨曦里分手
那支没醒的莲蓬
举着昨夜的孤独
正在低头偷听
藕腹的胎音

藏在柴垛里的翅膀
燃烧前有了颤抖
母亲刚解开山坳的帐幔
那印花布的袖口
挂破了天边的彩虹

燕子记忆

那泥做的窝，仍张着嘴
吐不出春天的词语
走失的童年欢乐
掏空了久违的春风
那些穿梭的记忆
已是时光搁旧的织机
在一幅桃红柳绿的画屏里
寻找穿堂而过的笔锋
用一张稚嫩的小嘴
想叨回那些垒砌的日子
从仰望的辉煌下
重温课本中的启蒙

梨花

故乡整容了
我不敢触碰她的鼻梁
那些泛白的悄悄话
早已挂在枝头
记得那个灰暗的夜晚
三月堆起的乳房
在月影中荡漾
晚风像一双猥亵的手
轻轻地攘挤着山包
将淡妆卸落溪边
我像一个盆景那样守候
试图用伤感
接住那缕昨日的芳香

第四辑

离天空最近的时刻

烛光

土坯屋微弱的烛光
点亮了山村
一片闪烁的星星
懵懂的童年
被擦拭出灿烂的晨曦

一丝丝温暖的抚摸
慰藉少年的孤寂
智慧的光线
在闭塞的空间里
串起了稚嫩的梦想

那根像手电一样的拐杖
扶我在方程式上站稳
采撷苹果树下的领悟
在酒精灯上
翻腾的试管里
把万千迷茫煮沸

那盏难舍的烛光
在一生的梦幻中晃荡
拂不去一个亲切的背影
在一缕光线中渐渐伛偻

但那些瘦弱的智慧

在山坳那群矮小的目光里

正在悄悄地长大

父亲的萝卜白菜

屋后的那块菜地
是父亲深沉的画布
每天挥着那支古老的画笔
创作是父亲的信仰
一生中没能将萝卜描成白玉
白菜也画不成翡翠
只能，每天与冬瓜对视
和南瓜一起沉默

傍晚，父亲喜欢蹲在槽门口
习惯抽着铜质的水烟袋
眯着眼，每吧嗒一下
夕阳就下沉一圈
直到把星星抽得忽闪忽闪
他才卷起自己的影子
嘎吱一声，将门关上

油灯下，父亲开始算帐
把算盘拨出声响
是他生命中唯一的自豪
每天总是一下五去四
二上三去五，噼里啪啦
昨天卖出萝卜一担，白菜五十斤
今天买进土布二丈，食盐三斤

年复一年日复一日地算

一辈子也没把全家人

从萝卜白菜的命里算出来

轮椅里的母亲

你用积攒了一辈子的力气
也挪不动人生的脚步了
只有将不舍的牵挂，无奈地
丢在两个轮子里

昏花中，已数不清
走过的那一道道坎坷
用你焐热我的那颗心
铺出一条绿荫小道
哪怕碾出两条深深的辙痕

每次挽扶着那对越来越轻，越来越薄的翅膀
我知道，孵化我的那片羽毛
总有一天伴着北风飘走
于是，我用你赐给我的体肤融化那朵雪花，
焐热下沉的脊椎
裹住人间永不走失的真情

当阳光亲吻你稀疏的银发
晚霞就映红了我的脸颊
不管温暖还能延续多久
依偎着你，就像贴着
那个永恒的胎盘

离天空最近的时刻

——致父亲

父亲，儿子一直很遗憾
鲁莽的我，很早就撞开了
你设计的那道栅栏
将日子打碎一地
至今无法收拾那些散落的月光

小时候，我恨那些疯长的树木
让你的憨厚埋在荒草之中
恣意的墨溪水，将奢望
打磨出光秃秃的荒岭

你走后，无论是上坡还是下岭
都拖着一个长长的背影
耳边的那些唠叨
仍裹着一个消瘦的灵魂

父亲，我真想再骑在你坚硬的肩膀上
让你再一次将童年举过头顶
因为，只有那一刻
我的小手才离天空最近

父亲最荣耀的事

父亲，老实巴交的样子
整天弯腰在矿上卖粮
累得像个秤砣
那光秃秃的脑门上脱落的
都是一行行清白的数字
想念父亲那吝啬的样子
用一小片馒头刮着粥碗
屁股上的补丁叠成了坐垫
去世后，发现多年前给他买的鸭绒衣
成了遗留下的崭新温暖
落片树叶怕砸中脑袋的父亲
练就了人生胆怯的那一撇和那一捺
父亲一生丁是丁，卯是卯
经常指责孩子们
坐没坐相，站没站相
每一寸发育的骨头都按他定制的尺码
他一生只来过一次省城
令他最荣耀的事，就是那张
在办公楼前国旗下的全身照
鸭舌帽下双目如炬
腰板挺得比旗杆还直

竹笋

父亲的坟前
长出了一颗硕大竹笋
它是父亲几十年的骨质增生
怕触痛睡着的父亲
让春天的疼痛的锋芒
长到了我的脊椎上，在拔节的时光里
再感受一次和父亲
一起煎熬的岁月

乌云压过来了，冷雨中
很难打破墓中的寂静
让连接阴阳的这根天线
再伸高点
叫爽朗的雷声也
伴奏那孤寂的灵魂

用树枝围好这颗竹笋
呵护坟冢里伸出的这只手
父亲晚上都能抚摸星星的睫毛
白天招惹出清风和露水
来年，我能再一睹
他的高风亮节

父亲从夕阳中走过

镜中白马

那把锄头握成了画笔
将一生的构思
涂抹出殷红的底色
父亲没走出这幅
套色的版画

深沉的地平线
是父亲人生的此岸
也是归来的彼岸
他的毛细孔，曾经
倾泻出无数轮细雨
没能将梦想染成彩霞

父亲佝偻的背影
残阳中清晰的轮廓
留下的只有
血一样赫红的印记
那些沉重的足跡
将夕阳踩踏出了一个缺口
但他人生的屏幕上
只有沉默的背景

父爱

好长时间没有人唤我
藏在小草中的乳名
一旦有人呼出我的乳名
母亲香甜的乳汁
立刻从老胃中反刍

那天，路过后山祖坟
突然听到有声音在隐隐地
呼我鲜为人知的乳名
那么亲切耳熟
定神一看，原来
父亲坟头上那朵小花
正张着嗓门

扫墓

坟堆上去年拔掉的杂草野花
今年长得更欢了

我拔掉坟冢上的杂草野花
然后用黄土拍实

那光秃的坟冢
被雨水浇得溜滑
就像父亲光秃的脑门
记得临终时他用乏力的手
拍了一下脑袋
对同事说，我走了
一根头发都没带走啊

火车票

寒暑假，火车票是
妈妈攥紧的翅膀
我的脸贴在车窗上
车外美丽景色
被一缕白烟涂抹

火车驮着娘俩从小镇到
父亲的矿山
又从矿山拉回小镇
遥远的路途中
无数的山峰在改头换面
只有父亲光秃的脑门
依旧像故乡月亮的笑脸

老火车退伍了
那张发黄的旧车票
珍藏在玻璃板下
它是我天真记忆的磁卡
经常在我的梦中
刷出呜的一声长鸣

发呆的母亲

孩子们走远了
母亲痴痴地注视那个方向
天空的云收紧了翅膀
风站在无形的空间
溪水一步步往山腰中后撤
景色在眼神中凝固

斜阳从门庭投过来
母亲的佝偻在堂屋中
拖出长长的问号，神龛里
菩萨终于可以静下心来
那双空洞的眼神
现在却不知
谁还需要保佑

她忘记走失了什么
想不起最近忙乎些啥
甚至弄不清自己姓甚名谁
为什么站在一片空白的脑海中
记忆里，只剩那间老屋
那里仍刻着她第一次分娩的惨叫

祖母的抽屉

老案桌的抽屉里
封存着奶奶四十年守寡的岁月
泪水从木板缝里流走了
只有爷爷赠的玉镯、玉珮
仍圆润清亮
裹在那洁白手绢里
这么多年仍守玉如身

奶奶用拐杖撑着日子
岁月的秋风
将身子吹得很薄
抽屉中装着整晚的咳嗽
那熏人的中药味
没能驱走缠身的病魔，那天
奶奶操了一辈子的心血
全呕在昏暗的灯光下

旧桌上总点着线香
奶奶敬神打卦时
那些滔滔不绝的神秘祷语
让幼小的心灵迷惑胆怯
奶奶说神灵都在天上看着我
我企盼那屡青烟
能飘到空中让神灵知晓
奶奶的虔诚

但钱纸烧得再多，没几年
神灵还是将她带走了
那个装满钱纸线香的抽屉许多年不敢打开，因为
心中十分害怕里面
跑出阎王和小鬼

镜中白马

岳母

岳母，你还留恋那栋小木屋吗
那透风的木板缝
关不住浩大的春风，那年
飞来的红盖头
裹走了你半个灵魂
小木屋验证了你的祈祷
女儿终于没嫁给鸡
也没随狗

岳母，你给我缝的那件中山装
至今整齐地叠在衣柜里
不是式样已过时
我怕一抖动它
那四个口袋里跑出来的那些事
都会让你失望

岳母，街坊都赞你针线好
你该歇着了
那些用泪水缝补的日子
现在不漏雨了
你坐在那张老木床上
缝制出的六对翅膀
有的变成了凤凰
有的飞出了
你平缓的视线

吆喝月亮

小时候在梦中追月亮
拼命往山顶上跑
月亮跑得比我还快
再往更高的山尖上追
它跑得更远
……

如果谁看到一个拧着月亮的娃
在过山坳
请代我吆喝一声
那肯定是我
在故乡走失的童年

滑溜溜的童年

老宅前的石板路
被岁月磨得忘记了旧事
快乐的童年
总在滑溜的雨水中
跌得人仰马翻

清亮的镜面
把两边的古街
拍出了秦淮的倒影
那开了口的油纸伞下
奔跑着上课的铃声

冬日结的冰　诱惑着
那颗想坐飞机的心
一路上滑着高声尖叫
一段段旧事　一个个记忆
不是跌进南货铺、老酒坊
就是溜进杂货店和旧染坊
怎么使劲也拽不住
那溜走的故乡

青葱岁月

刚读完一半的那本经典
搁在书桌上
风从窗外吹进
唰唰地又翻回了扉页
我没用纸镇压它
按照风的旨意
又从头品味
人生就像一本书
快翻到后记了
也多想有一阵春风
将岁月翻回青葱的那页

小主持人

举着太阳吻过的小脸
晃动舞台的星光
透明的白纱裙
裹着还未怒放的季节

手中那黑色的话筒
像提着一个沉甸甸的六月
溢着奶香的台词
潜入了秋天的皱纹
当一朵花蕾在梦中绽开
春天会重播这篇童话

台下黑压压的眼神
帮她撑开那胆怯的帷幕
五颜六色的灯光
旋动出人生舞台上
梦幻的童年

赶年

雪盖下来了
山村加了一层棉被
白色的臃肿下
堆积着静寂
故乡又怀孕了

有支无形的巨笔
蘸着淡淡的一笔墨汁
从天上往山坳下渲染
炊烟在招手

屋檐下的那盏红灯笼
老远就告诉我
母亲的眼睛熬红了

稚嫩的冰刀

新建的商业中心有个溜冰场
南方的孩子能在家门口滑冰
快乐的梦立马长出翅膀
花白的视线在羡慕中驻足
那些来往穿梭的小精灵
几岁就能把人生的弯道溜得这样圆
学会用风甩掉身旁的障碍
用胆量轻松攥紧超越的眼神
回想我刚迈开脚步时
人生那张白纸
真如眼前这光滑的冰面
父亲没能教我滑行
也没有给我安装翅膀
过早地松开了我的双手
稚嫩的冰刀
在那无知的旋涡中
划过几道闪电
深深的辙痕，经常
滑出父亲心中的底线

第五辑

流水是一首长诗

登西安古城墙

披着关中的月色
在城墙上远眺亘古
月亮搁在箭垛上
好似帝王胸前的玉佩
那根宽厚的腰带
踩在我脚下，好硬扎呵
仍匝着一统江山

跨骑着唐三彩
走一趟高大的城门
领略那王者归来的霸气
在朝霞中大开城埠
抖动海纳天下的胸怀
拥视四方百鸟朝凤的气象

城墙下剧场的鼓点
敲开了秦坑兵俑的双眼
秦岭高腔的长箭
穿透了十三朝关隘的夜空
每一块砖都在与我的骨头比对
仍肌骨紧锁，气血涌动
挺立着同一根脊梁

用姬姓的符号
向城门护卫递交通牒

在魁梧的祖先面前
蹭着南来的瘦小
试着爬上大汉的脊背
输入武帝的气血

自豪啊，从今夜始
我怀揣秦时明月
头枕汉时关隘
中轴线上横刀立马
挥长袖拂动万里狼烟
黄河西来滚滚
亦是我策舞的马鞭

天堂镇

天堂镇失火了
竟然没有水来扑灭它
往日没有节制的倾盆大雨
早已把天堂掏空
人间在泽国里无家可归
这回也有惩罚天堂的机会了

人死后都想挤进天堂
如今却蜂拥着从天堂逃离
天堂路窄，人车堵塞
许多人在天堂尝到火葬的滋味
转眼从天堂掉落炼狱
天堂的路比凡间还要堵
可见天堂也不是个好出处

克努森四代定居天堂
1908 年的那场山火
烧痛了这位"老神仙"
但还是烧不死
他对天堂的眷恋
在浓烟中与烈焰搏斗
他说，在天堂烧成灰
也比下地狱干净

西庐寺题句

连一声木鱼也没有
隐身得那样无形
虽一袭袈裟
裹胁了刀光剑影
但满嘴的经文
仍撩拨着红尘俗事

高人都已退隐
有谁能扪及佛祖的心跳
他的眼神一直盯着我
似乎在悄悄问
你的灵魂开光了吗?

施主们都在给主佛烧香
冷落了右侧的卧佛
右手托腮，眼含微光
那长久失眠的神态
也让我渐生怜悯之心
真想劝劝菩萨
别一辈子再打单身了

紫蓬山吟麻栎树

在拥挤的枝桠中兀立
但仍显孤独
西庐寺的光抚摸着它
经文在纹理中发育

和世俗纠缠的日子里
红尘勒索得很紧
以致长出坚韧的脾气
那些执拗的肢体
不张显威严
也不理会祥云
掖着支离破碎的咒语
在光刃中装聋作哑
那些修炼脱俗的坚果
常在沉默中爆裂

在宝鸡法门寺

法门寺真大
走进去，我成了一粒凡尘
看得见的菩萨稳坐寺中
看不见的菩萨已圈好地盘
不再划心为牢

许多人往功德箱里捐老人头
我只买了三柱香
求保佑的事祈念了一箩筐
菩萨心肠真好
从不和我讲价钱

大殿中方丈在念经
释迦摩尼的真身舍利从地宫中伸出
施主们蹭足而观
这根泊来的佛指骨
用圣光打开五千年红尘
我用心灵供奉
那些深埋在时光中的化身

拜周公庙

周公庙前，几个瞎子在算命
姜子牙提醒众人
谨识他们手中的八卦

庑殿、南殿、寝殿都肃立静候
等待三千多年后的又一声凤鸣
进殿的人都怀揣侥幸
眼神在庙宇中搜寻
周公的解梦器藏在何处

润德泉仍在流泪
却无人舀汲
他们从世俗中走来
怀疑水中的成分

有人从庙中走出来
手持乾坤，神采飘逸
要去凤凰山顶重观天象
精确地测一测
那股东风的胜算

秦公一号大墓之磬

漫长的岁月太重
将一个王朝的声带压断了
调理前朝后宫的音符
在景公的梦中沉睡
那是江山的肋骨
有声的拓片
史记将它悬挂在春秋上
王道的社稷之锤
只需轻轻一击
那头睡狮定会睁开双眼

在文成观瀑布

流水是一首长诗
在此拾到惊世骇俗的一句
面对百丈悬崖
青春倒立
一屡青丝飞溅成白发
白云和星星盛满了
时间将老脸撕开一道口子
让壮举直立成炫耀
无数次落差轰撞
人生才有了真正的谷底
那么平静，那么深不可测
那是光阴砸出的
一汪深潭

游惠州西湖感怀

木棉举着云朵
像是复活的灵魂
春风摆动思念
浇透了岭南的三春
拨弄垂柳的几只相思鸟
用孤山的指甲
抚断了弦琴

湖水是春天的伽蓝
盛着红尘倒影
和落蕊空樽
暮雨打湿的那条裙裾
仍罩着几缕烟雨

塔影在为一首诗招魂
晚霞刚点燃烛台
千年佳句在枝头上吟诵
那轮思念的月亮
好似舍利嵌在夜空

巽寮湾的海风

深夜，海浪失眠了
巽寮湾关紧阳台玻璃窗
在海的胸脯上
捂着没来得及露脸的月亮

风的喊声
吓走了星星
夕阳雕出的那叶孤舟
在梦中倾覆
翅膀在沙滩上扑腾
舐食阳光的吻痕

站在礁石上的椰树
几缕枯发在风中乱舞
从江南捎来的春天
被剥得一丝不挂

拉卜楞寺的红袈裟

行走的僧侣
披着宽厚的红袈裟
裹走了尘世杂音
吸附着人间的锈色
神秘的殷红
不知过滤了多少红尘俗事

那是草原静脉中蠕动的血色
没有跳跃　冲动　翻腾
在雪山冷藏的虔诚里
积淀着太阳溢出的高原红

裹着佛堂的那卷经书
牵动行走的牛羊
好似草地吐出的经文
一张张高原的脸
那是离神最近的表情

阳光穿透红袈裟
辉映成高原的红玛瑙
我蛰伏在佛的心中
修炼成一只
纹丝不动的昆虫

草原夜色中的锅庄舞

月亮被牦牛遮住了
草原只剩一只明亮的眼睛
茫茫中仍有一只转经筒在转动
那些手舞足蹈的灵魂
从一个轮回跳到另一个轮回
那飘逸的长袖
是佛祖甩不掉的
牵肠挂肚

在肖邦故乡

在华沙凛冽的寒风中
那些追赶的枯叶
就像钢琴中跑出的音符
跳跃在这个音乐国度每个角落
北国的冬草都已枯萎
唯独华沙的小草
仍伸着绿茵茵的耳朵
踏着生命常青的那支乐曲

来到仰慕已久的那栋乡舍
抚摸那架古老的钢琴
优雅的 B 大调和 G 小调
弹奏出一个天才少年的身影

在一个古老的教堂里
音乐的心脏安放在上帝身旁
那铿锵有力的节奏
伴随着那静谧的神曲
从硕大的管风琴中
迸发出对音乐的虔诚

生活在圆舞曲中奔放
幻想曲将青春陶醉得浪漫缤纷
母爱抒发出甜蜜的摇篮曲
但当那根神奇的琴弦

被病魔绷断时
那永远也不会停止跳跃的音符
却无法为一个伟大天才
谱写一支安魂曲

镜中白马

青花瓷素描

一滴浸染的青墨
在乳白的流水中笼住一场月色

一粒种子从性感的胴体中
嗤嗤地长出无数羞涩的藤蔓

盈盈郁郁的晨光里
无意中飞过一只孤独的雀鸟

揭开楼榭的薄渺门帘
楚楚地走来黛玉怅惘悔惋的身影

一场天青色的烟雨
打湿了唐诗宋词的韵脚

那乳白淡雅的肌肤里
撑出一支亭亭玉立的墨荷

静谧的夜色中
从月影走过一个前朝的旧梦

多瑙河上的古桥

多瑙河穿城而过
蓝色的波浪
朗诵着裴多菲的诗句
河上的玛格利特、约瑟夫、茜茜公主……九座大桥
就像上帝安放在心脏上的肋骨
跨越着几个世界的虔诚
在最后一颗铆钉上
永恒地焊着国王对王后的痴恋
一位德国公主的纯情
被那条巨大的悬索
稳固在一个动人心弦的故事里
桥的铁链都串联着
古老民族的音符
飞架两岸的巨大桥面
沟通着跨世纪心灵
站在多瑙河的胸怀里
用一双东方的眼睛
解读布达佩斯的拱形符号
顿时在我的脑海里
勾勒出从东方文明连接西方文明的
两根巨大悬索

巴拉顿湖夕照

严冬，我用寒风这把刀
刮拭着那一面镶嵌在
欧罗巴大地中央的魔镜
试图从清澈的水面中
反射出挂在北纬 50° 以上
那副冻僵的表情
但无论从任何角度窥视
只欣赏到湖面
反射出来的那道白光

爬上湖边的帝哈尼修道院
斜阳将尖顶涂抹成桔黄
想用上帝的十字架
撩开湖面神秘的面纱
眺望无垠的波纹
忽然，眼前一怔
那五彩缤纷的流云
把平静的湖水搅沸

在赶往黑尼兹小镇的路上
西边燃起了火烧云
巴拉顿湖在夜幕来临前
把脸羞得通红，夕阳像
赤橙而没有光泽的咸鸭蛋黄

掉进没有荡漾的冬水中
整个湖泊就像熬得浓浓的
一锅番茄汤

布达佩斯老火车站

那两座老掉牙的火车站
黑色的钢架上
落满历史的尘埃
高大的拱形穹顶上
弥留着工业革命的体味
几辆半旧的电汽动车
拖不走斑驳记忆
站台的那块新电子显示屏
没有找到那班
开往最后奥匈王朝的
绿皮火车

马加什教堂顶上的乌鸦

那只从窗外飞来的乌鸦
悄悄地叼走了
一枚陷害国王的毒戒
挽救了一个国度的命运，这只
和老家树林一样的乌鸦
在异邦却享有上帝的声誉
那乌黑的羽毛
顿时闪烁出耀眼的色彩
乌鸦嘴被更换为褒义
它叼走的不是偶然
而是上帝的旨意
驱赶的绝非只是晦气
而是历史的厄运
翻开马加什王朝的兴亡史
从黑格尔哲理中才能
捕捉到这只圣鸟的身影
倘若在历史的必然中
再种植一棵偶然的梧桐
在栖息凤凰的同时
也应给乌鸦
腾出一根幸运的枝桠

卓玛素描

卓玛进城了
眸子里晃动两头黝黑的牦牛
大口罩下
藏着太阳的底色

拉卜楞寺的墙根下
卓玛卖方块蜂蜜
她将草原上的甜蜜给顾客
挤得一点水分也没有

在扎尕那山道上行走
卓玛在客栈旁盯着我
下山时，她微笑迎接我
我好奇地问，在等扎西吗？
她摇摇头，轻轻问
今晚住店吗？

晚会上，我朗诵了大山里的月亮
卓玛捧着哈达上来
将草原的月色
挂在我的脖子上

甘南油菜黄

当双眼抚摸高原的那片金色
在母爱的更高海拔中
枕着一轮春梦
每朵小花都在吐着圣洁的玑珠
我用花海反复浣洗
在温柔的色调中脱胎换骨

染上神圣的色彩
似乎置身一片佛光之中
拉卜楞寺顶的光芒
从头到脚轻轻擦拭我
转经筒里超度俾俗的灵魂

我用度母佛的眼神
脱下江南三月的奢侈
七月，幸运地躺在佛的怀抱里
拥有一次人生最圣洁的初恋

飞机快到兰州上空

飞机快到兰州了
好奇地拉开遮视板
西北高原的山川
好似老父额头上密皴的沟壑
荒凉之极
我真不知上帝是何用心
要把西北大地拧干
将武汉淹成一片泽国

查姆湖

在高原和你的蓝眼睛
第一次相遇
你对我很生疏
那是我脸上没挂高原红
我悔恨自己
在过低的海拔上
消磨已逝的风流倜傥

来的那天清晨
哀牢山抹着云彩
还没解开你的肚兜
当阳光撩开温情的面纱
那走出闺房的脸蛋
挂着海棠的绯红

迷恋上你的清纯
诱惑已被眼神拴住
真想和你一起
每天抚摸蔚蓝的天空
搂抱真实的月亮

和顺古镇图书馆

古朴精致的阁楼里
书香中掺杂着稻香荷色
泥土曾翻犁成书卷
流水浣洗过年华
长衫马褂从白墙灰瓦下
打马跃上石拱桥
扬鞭策蹄都是读书郎

我想收藏古镇的那双慧眼
不积攒家财万贯
没留给子孙良田万顷
却将四书五经纲常伦理
存放在世代的骨髓里
用家国情怀圈点出
人间的风华正茂

在风清月朗的夜晚
蟋蟀也能吟唱出静夜思
那些重重叠叠的瓦垛
都可翻读二十四史的篇章
瞧一畦畦肥沃的田垅

铺垫着线装书中的智慧
如今这古老的书斋中
还能点击出这个世界的平面

镜中白马

参观福州林觉民旧居有感

那是情的旧穴

爱的老屋

幽静的长廊

已找不回那对依偎的倩影

那一隅厢房

仍在低喃百年情恋

竹影将真爱摇曳成佳话

疏梅把甜蜜筛漏作丝丝泪痕

那封黄花岗飞来的绢书

仍行走着颤抖的笔锋

密密匝匝的绝唱

让爱坠入大海的胸怀

绵绵切切的抒发

把情垒砌在千年不化的冰川

这老宅生长的豆蔻年华

在死的天平里

诠释了泰山的分量

第六辑

灵魂长满你的枝叶

初春

哪年的风
又轻捋着枝条
寂静的倒影
被温柔地鞭打

桃花正在吊嗓
杜鹃开屏
芳香追逐着芳香
身影飘在雾中

一只蝴蝶
从一朵花
飞向另一朵花
没留一丝表情

我仍在草尖上蛰伏
等待春天
递给一个眼神

春风的原形

那树桃花正飞来唇雨
它已不能见证
一场缠绵的往事
永恒的春光里
正吐着二月的诱饵

拂动的柳条间
有一只手在撩开珠帘
春天的眼睛藏有醉意
布谷鸟的传情
不再是那片旧的天空

抚摸阳光抛下的那匹绸缎
湖水折叠出月光的倒影
久别重逢的目光
不是往日柔软的身段

踏春的嬉笑声
攥紧旋转的木马
欢乐抛向未来的天空
时间的回车键
敲不出春风的原形

秋风辞

古道在蒿草中隐身，老客栈拴的瘦驴
被秋风呛出一个响鼻
一支马队，在云间走失

炊烟没精打彩，山峰腼腆
坝上的那面镜子里
有一行大雁还没回家
少女在擦拭蓝天，天际多么深远
山村的眼睛仍在梦里

穹顶越来越高，凡间很低
夕阳的手，涂抹着裸石、峭壁和裙摆
锁呐和头巾在远眺

果实掏空了村庄的念想
秋风在脱衣，节气已赤身裸体
群山的腰间别着金黄的咒语

九月九

秋踏重阳，饮菊花，挑眉远眺
蓝天的另一端，仍炙手可灼
藏着我刚出炉的太阳
以梦为马回到深蓝
每一朵云曾化成有节拍的汗水
天边仍挂着那独守星星的时光
在坎坷的半山腰抖开那幅山水
那些往低处生长的台阶
都是没有回音的琴键
徨徨的五线谱
好似彩虹牵走的旋律
翻开岩石叠嶂的时光
那只踏空的右脚
仍挂在虚掩的悬崖
在梦中始终攥着一声惊叫
如果九月九是一朵云彩手中的霞光
还未打上那灰色的天幕
仍大道无形，我行我素
偏离了一场雨的操守
一朵菊花落在九月九的额头
那是远去的遗憾递来的信物
搁在云中的山顶
那里是否还藏着我
蹒跚的感伤

浅浅

从薄雾中走过
只留下飘渺的轮廓
那幅勾勒的白描
线条轻轻的，许久
在用梦幻的色彩充填

那天，偶尔送去一波
好似一只青蜓
点开了那汪碧水
腼腆是淡淡的
唯独那浅浅的酒窝
让一颗痴心深陷

又一年初秋
忽在镜中瞥见
背影已款款远去
当缓过神来，一转身
那缕雅致的发香
在回眸中久驻

月亮的手语

咀嚼过的秋风
陷在枯萎的皱纹里
从麓山寺低沉的钟声
追逐故乡的眼神
雪地那深深的脚印
仍能数出几颗豁却的乳牙

虎形山那道坚挺的脊梁
没能阻挡彩虹的翻越
沉默的涟水，拖着疲惫的身子
已无力拴住
搁在湘江的那轮晚霞

孤帆正提着沧海
灯塔掖着远影
回首那白发苍苍的彼岸
燃烧的目光里
让泪水无法逃遁

在长满荒草的田埂上
寻找跌落的箭簇
星星都在一个夜晚扬长而去
那些闪烁的眼神

让月亮遗忘了手语
只有从瓦蓝的隐秘中
捕捉遗失的身影

镜
中
白
马

往事

记忆中的雨丝
打湿屋檐下的往事
那次青涩的回眸
像插入日记本的书签
紧贴着人生的扉页

油纸伞撑开的岁月
印花布里裹着一束流云
许久不曾打开行囊
生怕那只小鸟
成了断线的风筝

移动手中的鼠标
没能爬上那灰白的老墙
在收藏的角落卸载
无法将背影从平面中抽走
那个梦幻中的窗口
总爬上那晚的半个月亮

每当秋风剪开记忆的堤坝
满山的枫叶
点燃烧灼的瞳孔
用皱纹擦净镜面的红尘
在秋水中摁下
回放的快门

电影票

那是诱惑的启蒙
怂恿我翻墙逃学爬栅栏
在情节中模仿英雄
那束白光里打出幻想

一张稚嫩的卡片
储存着福尔摩斯的拐杖
收藏了哪吒的风火轮
在潘多拉的宝盒里
经常飞出梦中的尖叫

拿着这封最小的情书
将羞涩塞进那个
溢着茉莉花香的口袋
在黑压压人头里
从"乡恋"下载亲吻的程序

景色在蒙太奇中晃过
夕阳将屏幕染成一张小票
揣着一首诗来到窗口
用那些燃烧的句子
给剧尾增添几段
浪漫的台词

泡温泉

三月，裸身在温馨里
雾气眯上了春风的眼睛

滑嫩的乳汁浸泡着岁月
汩汩地，流出东鸳山宽绰的臂膀

亘古不衰的那些情欲
喷涌出灼热的冲动，罩着紫龙湖的羞涩

五味杂陈已荡然无存
激情不因光阴荏苒而衰减

肌肤上的世态炎凉
翻腾成云蒸霞蔚的浮想
不再与春夏秋冬为伴

竹海

一只手
从山峦那边抚过来
秀发飘逸起来
酥胸起伏
小蛮腰和美腚扭动
晃动着，荡漾着
一阵呼吸接着一阵
白日的深翠和浅绿脱落了
泛着淡淡的银白
星星撒下来
有沙沙的声音
那只手像风
也像月亮

足迹

倾听那些隐约的旋律
荒草吞噬的踏痕里
仍挂着
苦涩的星光

那些执拗的冥顽
在阅历中长出老茧
彩虹偶从深渊里跃起
月亮在陡峭中爬出
那黑夜中的眼神
屡被闪电擦亮

抖一抖曲折的来路
伫立着用迷茫镌刻的碑文
脚印里镶嵌的那些抓痕
在跋涉中走出忏悔
粘在红尘中的不舍牵挂
被一路霞光风化

每一步都难以掩饰虚伪
踩着上帝定制的尺码
鸿鹄与安雀的辉煌
都只能在
神的度量中闪烁

倒影

打开丢失的那段时光
寻找消逝的印记
尘封的斑驳
隐约露出酸楚的轮廓

记得在那个清澈的镜面中
曾拽出一串
打着寒噤的星星
在凹凸的地平线上
将瘦弱的村庄拉得老长

波纹反射着疲惫的阳光
满山的树影轻轻颤抖
一只孤独水鸟掠过
经常啄破故乡的衣裳

梦中那只奢望的小手
总是紧紧搂着月亮的臂膀
几十年过去了，仍在
用积攒的时光
打磨一个镜面
从那遥远的记忆中
反射出
沧桑的倒影

盲道

那条在静寂中，用感觉
触摸的路
在漆黑的世界，镶嵌着
反射的荧光条
马路好似打印的长纸条
凹凸中辨认出人生的方位
踩着一个城市敷设的爱
一股热流会从下
沿着脚跟向上漫腾
那是一种文明
安放在黑夜的光芒

从人行道的凹凸中
演绎出一个社会的平面
在每一个正常人的涉足处
都延伸出心灵的触角
让世界的每根毛细血管
都流淌出光明
感觉到只要用爱
就能在黑暗中行走

仰望星空

——天津大爆炸悼英雄

渤海湾清亮的夜空中
月亮双手掩面
星星怎么多出一群
这群星星不眨眼
他们的眼中仍噙着泪水
惦记着浓烟中的亲人

姐姐痴呆的眼神
仍在搜寻一颗十八岁的星
那张深情的姐弟照
被红色的火苗剪去一人

老妈妈在浓烟中嘶哑
始终没见儿子回声
瓦砾中捡到手机
拨来平安的
是天上的星星

妻子从新婚的床上惊醒
甜蜜弥留在丈夫怀中
三天的红烛
仍映衬着一对倩影
谁知无情的火魔

点燃那星空中的长明

在夜空中还有三颗星
像人间一样手牵手
他们仍在兑现承诺
一起灭火
一起喝酒
一起找老婆
一起孝敬可怜的双亲

灵魂长满你的枝叶

那些陈芝麻烂谷子都倒完了
所有的星星都转动起来了
为我在这摇滚的舞台上
手舞足蹈吆喝，你这时
递过一条温婉的臂腕
让我彻底吐出那晚吞下的月色

我真的喝醉了
只有纵身跳入你
那两汪幽深的碧波
到深蓝中去打捞那晚
藏在水中的弯月
我不会撩开那些障目的水草
因为那些躲避的鱼儿
是你埋藏了许久的心事

桃花开了

桃花开了　初吻挽着我们
开启桃花江久闭的闸门
美人窝走失的花瓣
让一支小曲在五线谱上走红
江水中飘零的碎影
春风里吐出情话

桃花开了，开得那么大胆
好像要把自己开成
一个赤裸的少女，还要开成
苏小小，开成李师师
董小宛，陈圆圆……
那朵颜色最深的，是侠肝义胆的小凤仙

是谁将历史抹上粉红
用胴体装点江山
她们的美，让春风无语
她们的心思，在秋水中诠释
她们的泪水和笑靥
像一树桃花
在相恋中才露出原形

桃花开了，明年会更艳吗？
我不会将机会让给情敌
要抢先独占花魁

用自拍打开那痴情的一瓣
在微信群里晒出
封存了许久的飞吻

镜中白马

月亮是第三者

那朦胧月色
适宜隐藏羞涩
当星星悄悄隐退
月亮的脸蛋贴过来，风儿
便会递给甜蜜的钥匙

情窦忌讳光亮，却偏爱
月亮这个第三者
一片温馨的乳白中
表白也那样晶莹剔透
今夜只收藏栖息的沉醉
却不见证飞翔的终结

那些静谧的抒发
总会在深处撩拨久蓄的怦然
吻的真实感随处都有
但爱的火花
只有月亮才能点燃

中国好诗

心上没有诗，就像地上没有花朵。

图书在版编目（CIP）数据

镜中白马／梁尔源著 .－－ 北京：中国青年出版社，
2019.8（中国好诗 . 第五季）
ISBN 978-7-5153-5734-8

Ⅰ . ①镜… Ⅱ . ①梁… Ⅲ . ①诗集－中国－当代
Ⅳ . ① I227
中国版本图书馆 CIP 数据核字 (2019) 第 159567 号

策划出品：

责任编辑：彭明榜＋吕达
书籍设计：孙初＋李妍

中国青年出版社　出版　发行
社址：北京东四 12 条 21 号
小众书坊地址：北京东城区后圆恩寺胡同甲 1 号
电话：(010) 64011190
网上销售：京东商城小众雅集图书专营店
北京科信印刷有限公司印刷　　新华书店经销

880mm×1230mm　1/32　7 印张　121 千字
2019 年 9 月北京第 1 版　2019 年 9 月北京第 1 次印刷
定价：50.00 元